AF131510

Entre Matabiau et Saint Sernin

Copyright : 2018, Pierre Dabernat
Éditeur BoD-Books on Demand
12/14 rond-point des Champs Élysées, 75008 Paris
Impression : BoD-Books on Demand, Norderstedt, Allemagne
ISBN : 9782322119417
Dépôt légal : Août 2018

Pierre DABERNAT

ENTRE MATABIAU
ET
SAINT SERNIN

NOUVELLES ET CONTES

Nouvelles

Sur le marché à Saint Cyprien page 9
Le placard des Mazades page 14
L'incendie page 39
Une nouvelle vie page 49
Un week-end toulousain page 59
Sur le pont des Catalans page 65
L'hôtel d'Assezat page 70
Une nuit place des Carmes page 76
La paire de chaussures rouges page 85
Entre Matabiau et Saint Sernin page 109
La boite de nuit page 118
Dans le train de Toulouse page 125
Là où la Garonne épouse l'Ariège page 135
Le mal d'amour page 141
La tirebouchonnette page 150
Le rêve envolé page 168

Contes

Une nuit à Léran page 177
Une étrange rencontre page185

Sur le marché de Saint Cyprien

C'est un type bizarre, sans âge, qui un jour de marché à Saint-Cyprien me l'a contée.

Il était assis à l'écart sur un cageot, un chien noir avachi sur ses pieds. Il possédait un visage buriné, d'imposantes moustaches à la gauloise et ne roulait pas les « R » comme chez nous. Il dégustait une saucisse de Toulouse qu'il tenait avec délicatesse, entre ses doigts épais et velus, comme s'il s'agissait d'un calisson d'Aix. Il la mangeait crue. Un verre de vin blanc était posé entre ses jambes à même le ciment.

Je connaissais cet homme rustique, mi-vagabond, mi-conteur et je savais que certaines de ses histoires qu'il daignait raconter, quand il avait un coup de pastis dans le nez, étaient particulièrement étonnantes, certaines voire effrayantes. Ce gars possédait un don réel mais il n'en avait cure. Ce jour-là, j'eus l'excellente idée de lui en voler une pour ensuite vous la conter. Je lui offris une deuxième saucisse, et avec la complicité d'une bouteille de Fronton, il me donna cette chose en héritage. Je vais vous la répéter presque avec ses mots. Par contre vous n'aurez pas son bel accent provençal, celui d'un patelin voisin de Manosque, et c'est là-bas, d'après ce que l'on m'a dit, qu'il s'en retourna, au début de l'hiver, après avoir avalé durant tout un été des kilomètres de saucisses.

Voici donc l'histoire.

La branche dans une déchirure d'air lui cingla brutalement le visage. La fillette poussa un cri de douleur et offrit une caresse potelée à sa joue meurtrie. A travers le rideau de ses paupières baissées, trempées par les larmes, elle tenta malgré ce brouillard de douleur de ne point perdre de vue ce qu'elle suivait.

Le soleil qui cachait ses ardeurs derrière des nuages grisâtres, plombés, choisit ce moment-là pour lancer son premier rayon. Il traversa, éclair de lumière, le feuillage encore mouillé de la nuit et fit mouche dans le regard transparent de la jeune Sofia.

Pour échapper à l'attaque soudaine de l'astre rayonnant, elle ferma les yeux. Quand elle les rouvrit, il était trop tard... La chose avait disparu derrière un énorme olivier, noueux, tordu par une danse centenaire pour contourner un bloc de granit, encastré dans cet endroit depuis des temps immémoriaux.
La petite fille envoya voltiger d'un doigt rageur sa dernière larme. Puis, aussi immobile qu'un être humain puisse l'être, elle écouta la forêt.

Le ciel s'était crevé. Un trou de lumière maintenant se déversait sur la végétation ; le maquis bruissait sous la caresse du vent léger ; la terre humide exhalait une vapeur odorante. Au-delà de ce quotidien naturel une vibration étrange planait en ce lieu.
Sofia pour se donner du courage se parla à voix haute comme elle en avait l'habitude quand elle était seule.
- Idiote ! Espèce d'idiote… Tu dois avancer. Va voir derrière cet arbre !

Mais la peur la paralysait. Et si la chose s'était aperçue de sa présence ? pensa-t-elle. Enfin, elle se décida et à pas de loup, elle s'approcha. Quand elle posa la main sur l'épaisse cuirasse du vieil arbre, elle communia instantanément avec la colline entière. L'odeur des pins, le parfum de la bruyère, le chant des cigales, le piaillement des oiseaux, les broussailles qui griffaient ses tendres mollets, les branches mortes qui claquaient sous le poids de son avance, toutes ces sensations captées dans la même seconde, avaient une saveur particulière, mystérieuse, quasi effrayante, qui accélérèrent soudainement les battements de son cœur d'enfant.

Dans un effort de volonté, elle retira sa main qui était restée collée à l'olivier et le contourna. Une falaise à quelques pas de là donnait sur la mer. Le bruit léger du ressac parvenait avec peine et se mélangeait au murmure de la forêt. La chose s'était volatilisée. A moins d'avoir fait le grand plongeon, ce qui était peu probable, il n'existait nul autre endroit où aller. Prête à faire demi-tour son regard arrêta un détail surprenant. Elle comprit alors pourquoi la chose avait disparue : un trou dans le tronc, lugubre, noir, un trou assez gros pour permettre le passage d'une personne, un trou qui exhalait un air froid et qui semblait remonter des entrailles de la terre.

Elle n'osa aller plus avant. Pourtant l'ouverture béante était la solution si elle désirait en savoir davantage. Elle n'était pas très courageuse mais elle était surtout comme beaucoup de petites filles extrêmement curieuse. Pour la première fois de sa vie elle avait échappé à la vigilance de ses parents venus se promener en forêt. Plus bas sur le sentier, près d'une chapelle en ruine, ils s'étaient arrêtés pour souffler, profiter du charme matinal de la nature. Dans sa petite cervelle inconsciente, il n'était nullement question qu'elle les rejoigne sans avoir quelque chose à leur raconter, un quelque chose qui atténuerait la remontrance qui l'attendait.

Ainsi, partagé entre le désir de savoir et celui de ne point se faire gronder, elle se faufila dans le trou.
Dès qu'elle fut à l'intérieur, elle perçut la première marche d'un escalier étroit, en bois, qui invitait à continuer. Prudemment, elle s'aventura donc dans l'obscurité profonde de l'arbre. Elle descendit à tâtons, s'assurant avant de poser son pied devant qu'une nouvelle marche existait. Le craquement qui en résultait la rassurait. En même temps sa frayeur d'être précipitée dans un abîme profond et insondable s'était annihilée.
Après une descente en colimaçon qui lui parût interminable, elle parvint enfin devant une porte en bois. Après une courte hésitation, elle l'ouvrit.

Un couloir faiblement éclairé conduisait à une pièce bizarre. Les murs étaient en bois, d'un seul tenant, agrémentés de nœuds majestueux qui en coupaient l'uniformité, attestant l'ancienneté incroyable du lieu. Une table ornait le milieu et une ouverture ovale, cerclée d'une sorte de fenêtre mais sans vitre ni poignée, s'ouvrait sur le ciel.

Sofia s'approcha et découvrit la mer. L'étrange pièce était logée profondément sous terre, sous l'énorme olivier. Elle donnait sur la falaise. La petite fille se retourna et continua son inspection. Dans un coin de la pièce il y avait un tableau qui représentait un rameau d'olivier avec quelques olives se détachant sur l'azur immaculé d'un ciel avec une montagne saupoudrée de blanc au second plan. Ajouté à cela, une chaise en bois tarabiscoté, un plateau avec quelques noyaux d'olives abandonnés sur la table et l'on pouvait dire que c'était tout le mobilier.

Perplexe, appuyée contre le rebord de la fenêtre, Sofia réalisa alors que cet endroit, cette cachette était un cul-de-sac. Hormis la fenêtre qui tombait sur les vagues qu'elle entendait mugir, il n'existait aucune sortie. Confrontée à l'étrangeté de cette pièce et à la beauté du paysage qui s'ouvrait sur le vide de cette mer démontée, la mignonnette avait oublié un instant le pourquoi de son exploration. Elle se rappela soudain l'existence de la chose. Cette forme qui l'avait conduite ici et qui suivant la logique des êtres qui existent en tant que matière vivante, devait être encore là, tapie dans une cachette, invisible, prête certainement à lui bondir dessus.

Elle fut alors saisie d'une peur incontrôlée, poussa un long cri, perdit connaissance et mollement s'écroula sur le plancher.

Lorsqu'elle reprit conscience elle n'était plus dans la pièce. Un vent frais la fouettait et elle ressentit dans un premier instant, dans ce retour à la vie, une incroyable légèreté.
La mer s'étendait au loin, bleue turquoise, moutonnée, décorée de quelques voiles blanches qui dansaient. Le mugissement des vagues avait cessé. Une ombre planait et la protégeait du soleil. C'était un bouquet de feuilles. Elles étaient épaisses, accrochées à une branche gigantesque qui se balançait au-dessus d'elle.

Peu à peu, la torpeur dans laquelle Sofia évoluait depuis son réveil se dissipa. Elle comprit qu'un événement extraordinaire venait de se réaliser. Elle était suspendue dans les airs, sous une branche d'une taille exceptionnelle de l'olivier géant, sous un parasol de grosses feuilles qui la protégeait du feu ardent et implacable du soleil. C'était pour cette raison qu'elle distinguait avec autant de visibilité le panorama grandiose de la mer.

Elle chercha aussitôt à se dégager avant même de réfléchir à cette incroyable situation. Mais dans sa gesticulation, l'horreur de ce qui lui était advenue lui apparut alors immédiatement.

Elle n'avait plus de jambes... Elle n'avait plus de bras... Elle n'avait plus de corps... Elle n'avait plus de tête... Elle n'était plus une petite fille. Elle n'était plus Sofia. Elle était devenue une olive, une ridicule petite olive verte, gentiment suspendue à une branche qui se dandinait dans la matinée de cette belle et chaude journée du mois d'août.

Avec toute la stupéfaction que l'on peut imaginer, plus tard, elle entendit les appels de ses parents ainsi que ceux de personnes qu'elle ne connaissait pas et qui passaient sous elle en criant son nom, et bien sûr, auxquels elle ne put répondre. Car a-t-on déjà vu une petite olive parler ?

Puis, quand la journée se fut écoulée, que ses parents, ses amis, et les gendarmes qui étaient venus prêter main forte se furent éloignés, tous désespérés comme l'on peut l'imaginer, et que la colline eut retrouvé sa tranquillité habituelle, Sofia, la petite olive verte, aperçut au pied de l'arbre, la chose qui furtivement s'extirpait du tronc… Elle la vit tourner autour de l'olivier, lever sa tête hideuse, ovale, noire, dans sa direction, puis dans un ricanement sinistre, disparaître dans la pénombre de la forêt.

La chose repartait à la recherche d'une autre petite fille, d'une autre victime, d'une autre petite olive.

Le placard des Mazades

J'ai poussé la porte de la petite boutique poussiéreuse. Le calme de la librairie, l'odeur des livres en cuir, mélangée à celle du papier centenaire, me font oublier un instant le mal-être que je me traîne depuis longtemps. En poche, je n'ai qu'un seul billet. De sentir cette boule froissée dans ma paume me rassure ; si mon envie s'arrête sur un titre, un auteur capable de desserrer l'étau de ma main, j'échangerais mon repas de ce soir contre un moment de lecture silencieuse devant la cheminée. Mes doigts effleurent langoureusement les livres un par un. Le libraire qui m'a regardé d'un haussement de sourcils par-dessus sa pile de nouveautés s'est vite replongé dans la lecture de son catalogue. Nous sommes seuls. Le brouhaha de la rue de ce samedi nous parvient filtré, étouffé.

Mes souliers couinent sur le parquet ciré. Cela me gênerait presque. Combien ai-je touché de livres ainsi dans ma vie, dans les bibliothèques, dans les librairies, chez les bouquinistes, les brocanteurs ? Des livres que je n'ai fait que tenir sans les ouvrir, sans savoir ce qu'ils avaient à me dire. Quelle est cette magie qui, on ne sait pour quelle raison, vous en fait ouvrir un puis le refermer à jamais ? Ou bien tel autre que l'on traverse rapidement avant d'en trouver un qui vous séduise, subjugué pour un collier de mots qui correspond si bien à l'appétit de votre intelligence, de votre plaisir et qui parfois vous fait remonter les larmes du creux de votre sécheresse.

Mes doigts accrochent un livre au cuir rouge. Je l'ouvre avec respect. Daté de 1902 il s'intitule « Une vie ». Je le feuillette et je déguste telle une friandise les illustrations qui accompagnent les lignes de ce premier roman écrit par Maupassant. Sur une autre étagère, Alfred de Musset me propose sa confession d'un enfant du siècle. C'est un livre édité par Charpentier daté de 1864. Je me prends à penser que le cuir ce cette couverture, ces pages tâchées, ce papier fragile, ont vu le jour lors de la guerre de Sécession. Cet objet était encore neuf pendant la guerre de 1870, certainement en très bon état en 1914. Il a traversé la deuxième guerre mondiale, puis il a échappé à toutes les autres pour enfin se retrouver, en ce moment précieux, dans le creux de mes mains. Cette pensée me porte un peu plus loin dans le magasin. Le libraire a relevé la tête et il me contemple avec un sourire de connivence. Maintenant c'est une reliure verte que je brandis devant moi. Jack London... Une aventure parmi tant d'autres de cet homme extraordinaire. Celle des vagabonds du rail. Sur la page de garde il y a une petite dédicace « Pour ton anniversaire avec les amitiés de nous deux » La signature est illisible mais la date est celle du 4 août 1948. Que s'est-il passé ce jour là dans le monde, me dis-je ? Que s'est-il passé ce jour là à Toulouse ? Dans cette rue ? A l'endroit même où je me trouve ?

Puis l'errance de ma promenade littéraire me fait poser la main sur un quatrième livre. Un nom en lettres dorées me frappe. C'est celui de Frédérico Garcia Lorca. Il est posé, que dis-je, abandonné, sur la bouffissure d'une pile de vieux journaux gonflés d'humidité et sans doute dans l'attente de la poubelle. Un livre brûlé, portant des blessures noires et profondes. Les pages sont noircies, les bords couverts de suie. Ce bouquin crie sa détresse, m'appelle au secours. Avec précaution je le saisis. C'est un exemplaire d'un recueil de poèmes. Je l'ouvre et je vois qu'il a été édité en espagnol. Les premières pages ont été mangées par les flammes et je suis sur le point de l'abandonner au triste sort du pilon. Mais une dernière pichenette de mon index et le milieu de l'ouvrage s'écarte.

Avec stupeur, je découvre des lignes manuscrites, tracées avec une encre bleue, alignées en travers de la page, le long de la marge. Fébrilement, je reviens en arrière. Apparaît alors le premier mot de cette étrange lettre car c'est bien une lettre… Les bouts de phrase qu'ma connaissance de la langue de Cervantès m'a permis d'intercepter m'ont déjà justifié dans cette évidence.

« Quérida... » C'est une lettre adressée à une femme. Une lettre d'amour qui allonge sa détresse sur une vingtaine de pages. A la dernière ligne, il y a une date et un lieu qui me propulsent dans les grabats, la poussière, le sang, l'horreur d'une bataille. Teruel le 22 février 1938. Un jour maudit parmi tant d'autres... Les républicains après des semaines de combats de rues acharnées ont perdu la ville. Quinze mille hommes ont été faits prisonnier et tout le matériel de guerre perdu.

Je referme le livre comme un écolier pris en flagrant délit de bêtise. Ce livre déchiqueté, rescapé d'une bataille est déjà ma propriété. Il n'est pas à vendre par son état lamentable mais devant mon insistance, le libraire consent à me le céder pour la moitié de mon billet.

Dehors il fait averse mais mon acquisition est bien à l'abri dans sa poche plastique. Les gouttes qui me lèchent le visage m'indiffèrent ; je suis ailleurs, loin, en Espagne, à Teruel, sous la mitraille, le ventre tordu par la peur.
A la hauteur du Florida, sous les arcades du Capitole, le beau temps semble revenir. Le serveur, en pantalon noir, chemise blanche d'octobre, le stylo rouge glissé dans sa poche italienne comme une signature qui dépasse, essuie les chaises mouillées de la terrasse. Je suis le premier à poser mes fesses sur l'une d'elles. J'allume une cigarette et commande un café et un demi en contemplant la place qui retrouve son animation matinale.

Le soleil perce juste au-dessus du grand hôtel de l'Opéra. Une jolie femme blonde, un agenda sophistiqué à la place de son sac à main, vient s'asseoir à la table voisine. Elle est rejointe par un encravaté qui lui passe un savon de première. Sans doute son patron. Ou son putain de mari.,, Elle ne répond pas, courbe l'échine, subit, en fixant le camion Heineken qui encombre la rue, les bâches rouges rabattues, pour faciliter le déballage de sa cargaison. Le livreur manie le diable avec dextérité et force. Il décharge les caisses de bouteilles, les bidons de bière, dans un tintamarre de verre et de ferraille. Il est habillé en vert et sur son dos de portefaix le nom de son maître s'étale en grosses lettres : France Boisson.

Quelques couples maintenant sont attablés au soleil. Une brune typée dévore un sandwich. Ses lunettes de soleil sont posées sur son nez en un équilibre précaire. Elle observe avec curiosité un homme qui se gratte la tête, l'air perplexe. Il contemple une des fresques qui ornent le plafond des arcades. L'affaire Calas. Puis, il se décale de quelques pas, le menton toujours en l'air, et observe ensuite Riquet et le canal du Midi. A-t-il l'intention de se les faire toutes ? La fille qui a croisé mon interrogation me décoche un sourire complice. Un sourire jambon beurre...

Plus loin et de l'autre côté de la place, le porche noir du géant Capitole aspire de minuscules personnages colorés, empressés, en une espèce d'étirement saccadé et perpétuel. Je lève les yeux et l'horloge indique onze heures dix. J'ai le temps jusqu'à midi. Une femme, cheveux rouges, foulard noir, et téléphone bleu, entre maintenant dans mon champ de vision. Elle est à trois mètres et semble hésiter quant à la direction prendre.
Elle me rappelle Eva, la tignasse en moins, et qui possédait aussi cette manière de rester indéfiniment plantée dans ses incertitudes. Notamment celle de son amour à mon égard. Je me retourne la question devant mon café maintenant tiède. Suis-je doué pour aimer ? J'ai le sentiment du contraire. Ce besoin de solitude qui me taraude, cette facilité à ne pas m'encombrer de la présence des autres, m'assiègent dans une fâcheuse posture. Maintenant que je mène à ma guise mes journées, maintenant qu'Eva est partie, je sais que je suis organisé pour vivre tout seul. Pourtant mon isolement me pèse. Mais une certitude est là. J'ai le mal de vivre.

Une autre cigarette. Mes pensées vagabondes se diluent dans la fumée, dans le goût dévastateur du tabac. La femme a pris enfin une décision. Elle s'en va en direction de la rue Gambetta. Sur la table, ma main n'a pas lâché la poche plastique. Dedans, le livre. Il est temps que je lise cette bouteille à la mer...

Je l'ouvre délicatement et cherche la page qui en marque le début. La place s'estompe. Le roulement des nettoyeuses vertes et municipales décapant le trottoir devient inaudible. Je suis devenu sourd. Je suis repartie à Teruel.

« Querida...
Pardon de n'avoir pu choisir à temps entre ton amour, notre fils et mes convictions pour la république... Pardon pour t'avoir offert cet enfant et qui n'aura connu son père que quelques mois. J'espère que tu es en sécurité et que tu as pu rejoindre la France, que tu as trouvé de l'aide. Je ne sais combien de temps il me reste à vivre. Je suis salement blessé et je suis seul dans cette demeure où nous avons trouvé refuge. Mes compagnons sont morts… Miguel est décédé dans mes bras il y une heure environ. Je suis caché derrière une fenêtre et j'aperçois pendant que je t'écris ces fumiers de franquistes qui vont donner bientôt l'assaut. A cette heure-ci nous avons perdu la ville... Je croyais pouvoir leur échapper et me cacher mais ils savent que je suis là. Ils ne font pas de quartier et je ne me fais pas d'illusion. Et puis surtout, je n'ai pas le courage ou la lâcheté d'agiter un drap blanc. Pardon pour cette faiblesse, pour cette fierté qui va me tuer. Pardon mille fois mon amour mais tu me connais, c'est au-dessus de mes forces. Je ne peux pas me rendre...

J'écris cette lettre à l'intérieur de ce livre que je replacerai dans la bibliothèque. C'est la maison d'un bourgeois. Quand ils m'auront délogé, les murs seront sans doute encore debout et la bibliothèque sera intacte. Je confie mes derniers instants de bonheur, puisque je suis avec toi mon amour par l'écriture, à ce cher Frédérico Garcia que ces salauds ont fusillé en juillet 36. Tu vois, ils sont allés même jusqu'à massacrer la poésie !

 Élève bien notre cher Progresso. Je souhaite qu'il ait une vie meilleure que la mienne. Protège-toi aussi ma chère Maria et je souhaite que tu puisses retourner vivre chez nous à Séville. Et même si je crache sur les églises, recommande-moi auprès de ton Dieu que tu caches dans ton panier de petite anarchiste.

J'espère que le propriétaire des lieux quand il reviendra chez lui ouvrira ce livre et te fera parvenir ces quelques lignes. Un jour on te parlera de moi. Je confie cette lettre à la poésie. Je ne peux pas imaginer qu'un tel livre reste clos durant des années. J'espère que quelqu'un dans cette maison sera touché par ce message et qu'ils t'écriront pour te dire que c'est ici que j'ai terminé ma vie. En pensant à toi et à notre cher enfant. Je t'aime. »

Je reste figé sur ce mot d'amour si simple et qui prend ici au bas de cette page jaunie une couleur de désespoir profond. C'est signé d'un prénom Pablo et c'est adressé à Maria Jaen et à son fils Progresso.

Un raclement m'extirpe de ma lecture… C'est une énorme valise jaune fixée sur des roulettes que traîne péniblement un petit homme. D'où sort-il ? Du parking souterrain ? Le vent tiède d'octobre agite les drapeaux accrochés au balcon de la mairie ; l'européen, le français et l'occitan... Mourir pour une couleur ? En serais-je capable ? Non ! Bien sûr... Cela je le sais.

La cohue m'assaille encore. Ce bruit, ce grouillement, cette vie qui me rassure et m'agace en même temps. Le claquement d'un pas ferré me fait tourner la tête. C'est une paire de santiag et c'est un vieux qui les porte. Il n'y a plus d'âge pour porter des bottes. Un adolescent sur des rollers, la cigarette au bec, comme un éclair, zigzague entre les passants. Trois femmes voilées sortent d'une porte cochère. Un habitué du café s'installe avec des gestes étudiés à une table, et se plonge dans la Dépêche du jour. Derrière, une maman penchée sur une poussette donne à boire à son bébé avec un biberon orange.
Devant, sur la rue, un camion jaune avec une remorque me voile l'horizon de la place. Ce sont des fenêtres. Toulouse n'en finit pas de changer ses fenêtres explosées... Le chauffeur a mis les « warning ». Il est dans le café. Une contractuelle avec son galurin sur sa crinière frisée, radio à la ceinture, s'approche à

pas réglementaires, les yeux fixés sur la plaque minéralogique du gêneur.

Mon estomac gargouille. Je me dis que je mangerais bien ici. Le menu annonce une salade gourmande, souris d'agneau et crème brûlée. Le tout pour dix euros. Mais le livre m'en a coûté la moitié. L'horloge marque bientôt midi. Viendra-t-elle ? Elle me l'a promis, pour une ultime explication. Mais je n'y crois plus. Je n'ai pas pris mon portable et si elle ne vient pas, elle ne pourra pas me prévenir. C'est peut-être pour cette raison que je l'ai oublié sur la commode. Pour ne pas l'entendre dire qu'elle est désolée.

A midi trente je repousse ma chaise et je me lève à regret. Il est inutile de patienter davantage. Mon estomac gargouille… Chez moi il reste six œufs...

Le livre est rangé dans ma bibliothèque. Je ne l'ai pas oublié mais Eva est avec un autre mec... Je me suis remis au travail et j'ai passé des annonces. « Un écrivain à votre service ! ». J'ai relancé des prospects et j'ai obtenu deux nouveaux clients : une femme vietnamienne qui a été mariée contre son gré à quinze ans du temps de l'Indochine et une femme superbe mais sans doute folle qui, paraît-il, est accusée du meurtre de son mari et qui vit sur une île à Madagascar, parmi un élevage d'autruches. C'est une histoire bizarre, avec une petite fille qui a été enlevée. Elle tient absolument à ce que j'écrive cette histoire sordide. C'est pour m'innocenter me dit-elle ! Elle n'a pas tiqué sur mes tarifs comme la vietnamienne.

Et puis, tout à l'heure, je me suis amusé sur internet... J'ai fait une recherche sur le nom de « Jaen » mais je n'ai pas trouvé de Maria. J'ai imprimé la liste et j'ai téléphoné. Mais personne ne la connaît. Alors, comme je n'ai rien d'autre à faire pour tuer ma lassitude et l' envie de tout ficher en l'air, je poursuis mon pianotage. Je me concentre sur les noms hispaniques. Cette Maria s'est sans doute remariée et partant du principe qui se ressemble souvent s'épouse, je me dis que son rejeton, qui doit approcher aujourd'hui de l'âge de la retraite, porte le nom de son beau-père. Et comme de nombreux réfugiés espagnols ont fait souche à Toulouse et dans le sud-ouest, je subodore qu'avec de la persévérance, en m'orientant sur ce prénom républicain, Progresso, peu commun, j'ai peut-être une chance de le trouver.

Une idée sert de moteur à mon entêtement. Ce livre n'a pas traversé ces années, il n'a pas franchi la chaîne des Pyrénées, pour finir à la décharge. Ce livre m'était destiné ; ce message j'en suis le facteur. Moi, qui suis au bout de mes envies, qui ne crois plus en rien, mais qui piétine dans mon amour pour Eva, je me sens investi d'une obligation, d'un devoir moral envers ce soldat. C'est étrange mais j'ai l'impression, en agissant de la sorte, de participer à cette lutte contre le fascisme, d'apporter ma contribution active dans ce combat perdu qui fait partie de l'histoire. Cette guerre meurtrière dont les libérateurs s'étaient honteusement détournés.

Quelle est donc cette force qui me pousse à téléphoner à des dizaines d'inconnus ? Une espèce d'échappatoire pour oublier mes déboires sentimentaux, ou effacer les vicissitudes de mon quotidien débarqué sur le quai d'un futur qui n'a plus de saveur. Une façon de m'occuper le corps et l'esprit.
Pourtant, cette curieuse affaire, qui à priori ne me concerne point, a rallumé une étincelle.
Ai-je encore au fond de mon dégoût un reste d'humanité, un sentiment gratuit, une miette d'amour que n'auraient pas voulu les vilains canards ? Ceux de la mare de mes emmerdements !

Je sais que je dois compter sur ma bonne étoile. J'en ai la certitude et lorsque celle-ci se manifeste, je n'en suis nullement surpris. Une jolie voix craquelée par le fil du temps me répond, hésitante, un tantinet effrayée, lorsque je la questionne. Mon pouls s'accélère quand elle me dit que son fils se prénomme Progresso et qu'elle-même répond à celui de Maria depuis quatre vingt-cinq ans. Je suis pris de court. Je ne sais que dire… Heureusement mon métier me donne l'ouverture pour une réponse. Le verbe flue et j'explique sans un bégaiement que je suis écrivain et que je fais une enquête pour écrire un livre dont le sujet porte sur les enfants des réfugiés espagnols. Comme de nombreux anciens, la vieille dame est crédule et prend pour argent comptant mon mensonge vêtu d'un peu de sincérité. Elle me confie qu'elle habite depuis peu chez son fils aîné qui travaille au tri postal. Depuis que son mari est impotent. C'est une gentille bavarde qui a ouvert le robinet des explications, des souvenirs, avec un mot qui en amène un autre, une idée qui pousse la suivante. Je n'ose endiguer ce filet de sons aigus légèrement salés par un vieil accent espagnol dont elle n'a jamais pu se débarrasser, ce lien, invisible mais si fort, qui ne s'est jamais rompu et qui retient une partie de son âme dans un village endormie à l'ombre de son Andalousie natale.

Je réussis pourtant à lui faire entendre qu'elle prévienne son fils ou sa belle-fille que je passerai le soir même pour les voir. J'ai l'impression de forcer le passage, de forcer leur intimité. Mais je dois suivre mon élan, aller jusqu'au bout. Le bouillonnement de mon être m'y contraint et me pousse à agir aujourd'hui et non pas demain. Plus tard, mon esprit refroidi me dira que cette histoire ne me regarde pas, qu'il est trop tard pour ramener en surface une telle épave. A quoi bon réveiller ce drame ! La pauvre vieille a certainement vécu à Toulouse toute sa vie. De quel droit devrais-je lui rappeler des souvenirs si douloureux ?

Mais pour l'instant mon esprit surchauffé me dit le contraire. Ce n'est pas parce qu'on est vieux qu'on a renié sa jeunesse. Le plus beau de la vie est toujours enfoui dans le présent de la pensée. Il n'y a que les images du malheur que l'on essaye d'enterrer sous les autres avec plus ou moins d'efficacité, suivant la capacité de survivre que l'on a, suivant le seuil de tolérance à la douleur de chacun.

Il est presque vingt heures. Je gare ma vieille R20 qui roule sans fatigue depuis vingt ans sur le parking qui coudoie le centre commercial de la cité des Mazades. Je jette un œil sur le papier où j'ai noté l'adresse : douze, rue d'Arcachon. C'est bien là ! La tour me toise du haut de ses dix-huit étages et semble me demander pourquoi j'ose ainsi m'immiscer dans la vie de ces gens simples. Je pénètre dans le hall d'entrée puissamment éclairé. Sur la gauche une centaine de boites à lettres ivoires accueillent mon hésitation. Je cherche le nom de « Martinez » puisque c'est celui de la mamie Maria. Ce nom qui est aussi celui de son fils Progresso et que me confirme la plaquette en laiton qui donne un air de respectabilité à ce casier que je déniche parmi tant d'autres. Ils sont au onzième. Je me glisse dans un ascenseur et me retrouve sans tarder devant la porte de leur appartement. Je sonne discrètement.

J'entends du bruit : le journal télévisé, avec le spectacle d'un monde vomissant, que l'on baisse subitement ; quelques éclats de voix, une chaise que l'on traîne puis des pas qui claquent sur un carrelage. La porte s'ouvre sur une odeur de cuisine, une odeur de poissons panés, d'huile d'olive. Une douce chaleur émane de l' appartement. Un homme me dévisage l'air confiant. Il me tend la main et se présente. Sa mère lui a expliqué que je suis journaliste et cette méprise me permet de briser en quelque sorte la glace. Ce sont des gens chaleureux et je suis mis rapidement en confiance. La mamie Maria est telle que je me l'imaginais. Une jolie vieille, ridée, avec des grands yeux profonds où brille encore un soupçon de malice, des cheveux blancs, remontés en un chignon tenu par une pince, pas de bijoux, juste une alliance, et des mains fragiles, décharnées, qu'elle tient serrées contre sa poitrine, dans l'attente muette de ce que je suis venu leur demander. Ils n'en savent rien mais ce sont des gens qui ont toujours porté en eux le poids de l'exil. Ils sont étonnés que l'on vienne les relancer chez eux pour parler de cette chose-là, cette marque qui les a brûlés dans leur chair il y a très longtemps.

Progresso m'invite à m'asseoir sur le canapé qui occupe une bonne partie du séjour ; devant une table ronde sur laquelle cinq assiettes sont posées. La télévision est toujours allumée. Des images de militaires en armes, de chars d'assaut et d'avions projettent leur haine sur la quiétude de la pièce. Mentalement, j'essaye de comprendre pourquoi cinq couverts. J'ai en face de moi Maria et Progresso, j'ai salué son épouse qui s'en est retournée à sa poêle et j'ai aperçu le papi impotent sur sa chaise roulante dans la chambre du fond. Qui est donc le cinquième ? Je me retrouve avec un verre de muscat dans les mains et j'y vais de ma fable sur ce livre que je suis sensé écrire. Je pose des questions à Progresso, en écoutant la Mamie qui me raconte sa fuite avec son fils, son embarquement du dernier instant à Bilbao dans une barque frêle prête à couler sous le poids des désespérés, la traversée sur ce bateau anglais puis leur arrivée en France, la police, les camps de concentration, l'accueil dans les familles où très vite elle sera placée comme bonne à tout faire.

J'attends une allusion à son premier mari mais Maria semble occulter complètement cette partie. Pourtant j'ai le livre dans mon sac mais il est trop tôt pour le sortir et leur montrer. Je crains de comprendre. Je questionne alors innocemment Maria à quelle époque a-t-elle connu son mari ? Elle me répond à Séville bien avant la guerre ; ils étaient les enfants d'un même quartier. Je m'adresse ensuite à son fils et lui demande depuis combien de temps son père est-il malade ? Il ne tique pas lorsque je prononce ce mot de « père » au sujet du vieil homme immobilisé, semble-t-il, toujours assoupi, dans la chambre du fond. J'ai la conviction maintenant que Maria a menti, qu'il ignore tout de l'existence de son véritable père.

J'en suis là de mes réflexions quand la porte de la deuxième chambre qui donne sur le séjour s'ouvre. Un homme sans âge, le visage complètement dévasté par l'alcool, maigre comme un clou, vêtu d'un pantalon velours gris dégueulasse, pull tâché, pantoufles trouées fait son apparition. Il nous dévisage et passe devant nous sans un mot ou presque. Je l'entends grommeler dans sa barbe de quinze jours une suite de sons inintelligibles qui ressemble à de l'espagnol. Progresso a vu mon regard et je saisis le pourquoi de la cinquième assiette. « C'est mon frère ! » me précise-t-il. « Il est malade et habite avec nous depuis des années. » J'entends des éclats de voix à la cuisine, un placard que l'on ouvre violemment, le cliquetis d'un verre contre un goulot de bouteille. Tout le monde s'est brusquement tu. Il n'y a que la télévision qui continue en sourdine de diluer son fiel d'informations. Le frère repasse devant nous avec une bouteille de bière à la main. Et la porte se referme derrière lui. « Il est malade, le pauvre… » répète la mamie Maria comme pour s'en convaincre. Je ne dis rien. Que dire dans ces cas là ! Et je hoche la tête d'un air compatissant.

Pour aller davantage dans mon enquête je pose une question précise à Maria. Je voudrais savoir où est quand elle s'est mariée ? Elle semble gênée... C'est Progresso qui vient alors à son secours.
- Mes parents se sont épousés en France après la guerre, après ma naissance. Vous comprenez ? ajoute-t-il.

Comme je ne dis mot, il poursuit :
- Mon père se battait. Ils n'ont pas eu le temps de se marier. Juste le temps lors d'une permission de me concevoir, juge-t-il bon de préciser comme s'il avait deviné ma pensée.

Je croise le regard de Maria et j'y décèle une peine immense. Où est ce juste le fruit de mon imagination ? A quoi pense donc cette vieille femme à cet instant ? Songe-t-elle à ce Pablo, le véritable père de son fils ? Elle tourne le visage et cherche dans les images stupides de la publicité de la télé une aide, comme pour brouiller celles qui lui reviennent du passé.

Je reste encore un peu avec eux et j'écoute le résumé rapide de leur existence : une vie simple d'ouvrier dans le bâtiment ; des ménages chez les autres ; des boulots précaires au marché gare ; des familles écartelées ; d'un fameux retour à Séville juste après la mort de Franco ; d'un frère et des cousins retrouvés après trente ans de séparation ; plus l'espoir d'y retourner une deuxième fois...

Puis à l'heure du film débile qui commence, je me lève, leur promet de revenir. Je suis dans le couloir et j'ai déjà la main sur la poignée pour sortir. Mais avant que nul ne puisse me retenir, me prévenir que je me trompe, j'ouvre cette porte et me trouve devant un placard. Une sorte de penderie qui n'est plus une penderie. Un placard qui n'est plus un placard. Je baisse les yeux et aperçois un lit. Un lit pour une personne. Un petit lit. Il y a juste la place pour y dormir. Je croise les regards de toute la famille réunie dans mon dos.

- C'est le lit du papi ! Nous n'avons pas beaucoup de place. Ma mère et José partagent notre chambre. Avec ma femme nous avons pris celle des gosses. Elles sont mariées toutes les deux. On est un peu serré mais je ne veux pas mettre mon père dans un hospice m'explique Progresso

Je comprends, et je les félicite tout en refermant doucement la porte du placard. Je les salue et ils me raccompagnent dans le couloir jusqu'à l'ascenseur. Je leur serre chaleureusement la main et je redescends vers le début de ma nuit.

Ma voiture me ramène lentement vers mon appartement de cent-vingts mètres carrés où je suis seul, sans une femme, sans gosse, comme un ours solitaire. Et je pense à mon vieux que j'ai placé l'année dernière dans une de ces espèces de maisons et j'en ai gros sur le cœur, avec une honte qui se réveille, que je croyais avoir muselé avec le sac des excuses habituelles en pareil cas.

Chez moi, devant la télévision que j'ai allumée, devant ce film débile qui a fait se cavaler le silence de la pièce, de cette nuit qui m'est déjà hostile, j'ai repris le livre et j'ai relu la lettre de Pablo. Puis, je me suis levé, je suis allé chercher la bouteille de whisky et un verre, avec la ferme intention de me révolter. En lisant les poèmes de ce cher Frédérico, j'ai demandé pardon à Pablo et je me suis saoulé. Que pouvais-je faire d'autre ?

L'histoire aurait pu s'arrêter et ce livre, rangé, perdu, dans ma collection de vieux bouquins, ce livre qui m'avait interpellé avec une telle force, j'aurais pu l'oublier définitivement. Mais, ce que j'avais pressenti se confirma. La lettre m'était destinée sans doute par je ne sais quelle volonté divine ou autre. Car comment expliquer alors ce qui m'arriva un an après ?

C'est la fête. C'est le réveillon. Installé sur un tabouret, un verre de bourbon à la main je suis en train de draguer. Enfin… si je peux appeler ainsi ma façon de faire avec cette femme d'une quarantaine d'années. Elle est brune, avec un beau visage sans ride, pâle comme le ciel de ce mois de décembre, avec des yeux clairs, cernés par un maquillage festif qui heureusement n'arrive pas à l'enlaidir. C'est une femme venue seule. Mal à l'aise dans sa robe de soirée achetée pour l'occasion. Sous la baguette d'un bon vieux copain qui a eu pitié de moi et qui m'a presque tiré de force à la soirée, j'ai enfilé un costume à rayures anglaises qui me donne l'air d'un maquereau sur le retour. Cette femme dirait-on apprécie ma compagnie. Mon attirance pour elle a paradoxalement déclenché dans mon attitude un réflexe défensif. Encore un coup bas sournois de ma chère Eva ! Cette femme pourtant n'a jamais lâché mon regard et supporte mes réflexions laconiques à la limite de l'impolitesse. Une voix me souffle que je vais prendre ma revanche. Je vais enfin effacer l'incomplétude dans laquelle je transpire depuis mon divorce et qui m'a fait grossir de plus de sept kilos. L'alcool n'a jamais fait maigrir.

Nous parlons de nous. Au début de la soirée, j'ai fait dans la plaisanterie lourde, avec ce besoin destructeur de lui déplaire. Puis le bourbon aidant je me suis octroyé plus de complaisance. Il est bientôt quatre heures du matin. L'ambiance est tombée. Et puis quelqu'un a mis un vieux tube de Dire Straits. Cet air lorsque je l'entends regonfle le pneu usé que je suis devenu. Il s'agit de « Sultans of swing ».

A six heures du matin nous nous quittons. Nous aurions bien aimé encore parler mais nous sommes épuisés. Nous n'avons plus nos vingt ans. Même si l'envie nous tient, nous savons, et nous n'avons pas besoin de nous le dire, que partir ensemble serait une erreur qui mettrait en danger notre relation. Elle est infirmière et doit reprendre son service le lendemain à quatorze heures. Nous convenons alors d'un rendez-vous. Je l'embrasse sagement sur les lèvres devant le sourire goguenard de mon copain qui n'est pas étranger à cette rencontre.

Elle se prénomme Brigitte et son mari a fichu le camp il y a une dizaine d'années pour s'éclater avec une jeunette... Histoire classique et qui nous rapproche. Nous prenons le parti d'en rire et avec sa main qui s'habitue à la mienne, j'écoute le roman de sa vie à une table d'un restaurant rue de la Colombette où nous nous sommes retrouvés. Depuis son divorce elle n'a que son boulot. Depuis dix ans, elle rentre seule, dans son petit deux pièces de la cité Amouroux. Elle n'a jamais pu avoir d'enfant et me demande si j'en ai… Je réponds que j'ai un garçon qui vit aux États-Unis. Que j'aimerais aller là-bas, un jour, pour le voir ! Pour voir aussi New York ! Pour réaliser mon rêve de jeunesse que je lui ai offert, il y a deux ans, sans l'ombre d'une hésitation en lui payant son billet d'avion et en lui donnant tout ce que j'avais pour qu'il puisse se débrouiller sur place.

J'écoute donc son boulot. Elle me raconte ses petits vieux… Elle travaille dans une maison de retraite dans le quartier des Trois Cocus. Elle les aime et ils sont toute sa famille. Elle me parle d'une femme centenaire qui travaillait à Tonneins à la manufacture de tabac et qui s'envoie, chaque soir avant de se coucher, son élixir de vie, son petit verre de quinquina. Elle m'explique qu'elle avait vendu sa maison en rente viagère à un notaire qui est mort avant elle. Elle me raconte aussi ce couple qui a tenté de se suicider pour partir ensemble. Que c'est grâce à elle qu'ils ont été sauvés à la dernière minute et qu'elle en a presque du remord. Puis elle me parle de ce vieil espagnol de quatre-vingt-douze ans qui a connu Malraux sur le front et qui a failli mourir à Teruel.

Elle cesse soudain de parler en voyant mon air intéressé, investigateur. Une intuition soudaine me dévore aussitôt un morceau de pensée. Et si Pablo n'était pas... Abrité derrière mon ballon de bordeaux, que je suce par lampées, je me livre presto à cet exercice si périlleux du calcul mental : quatre-vingt-douze ans. C'est l'âge qu'aurait eu Pablo s'il avait survécu… Un rien de trac agite encore ma main lorsque je repose mon verre. Le serveur choisit justement ce moment précis pour nous apporter nos plats : loups grillés sur plage de légumes. Je l'observe et profite de ce répit où nous nous taisons pour trouver l'astuce d'une question que je souhaite anodine, pour ne pas m'emberlificoter dans des explications que je ne tiens pas à donner.

Lorsque le garçon consent à nous abandonner à notre appétit, je demande à Brigitte en y mettant donc les formes, avec juste un zeste de curiosité qui se voudrait pure politesse, quel est le nom de cet auguste vieillard. Elle me dévisage avec étonnement et bien entendu veut savoir si je le connais. Je suis acculé à une réponse vague qui lui arrache un imperceptible pli des lèvres. Néanmoins elle reprend la conversation sur un ton badin qui ne reflète aucunement son étonnement. C'est une fine mouche. La tension qu'elle a senti sourdre du tréfonds de mon émoi ne lui a pas échappée.
- On l'appelle Pablito ! me confie-t-elle entre deux bouchées de poisson.

Je boue comme une marmite oubliée sur le feu. Je n'ose pas lui proposer de se saisir de son portable et de contacter un de ses collègues pour en savoir plus. Mais la parole a jailli. Puisque le lieu se prête aux confidences, Brigitte qui n'est pas venue pour se taire épluche un peu plus le sujet car il a l'air de m'intéresser beaucoup. Ce soir, elle a certainement envie de me faire plaisir.
 Elle me dit :

- Il est atteint par la fichue maladie d'Alzheimer. Il nage entre présent et passé. Il est surtout de nature bavarde et parle à qui veut l'entendre. Mais souvent il s'adresse à un interlocuteur invisible.
- Vous savez-vous comment il le nomme ce compagnon qu'il est le seul à percevoir ?
- Il l'appelle Progrès. C'est idiot non ?

Sur le point de m'étrangler, je réponds par la négative. Puis je rectifie en me resservant un verre de vin, sans la regarder dans les yeux.
- Ce n'est pas plutôt Progresso ?

Elle me rétorque en avalant une grosse bouchée de haricots verts dégoulinante de sauce blanche :
- Oh oui, bien sûr ! Progresso. C'est la même chose n'est-ce pas ?

Un léger tamponnage sur le coin de ses lèvres avec la serviette en papier et elle continue pendant que j'acquiesce d'un air entendu.
- En tous cas, moi je préfère quand il parle espagnol et que je ne comprends rien sauf que c'est de la poésie... Quand il parle français c'est pour nous raconter des horreurs sur la guerre. Comme à Barcelone, avec ces exhibitions de cadavres de nones déterrés qui amusaient tant les gosses ! Il ne parle que de cela. Et aussi d'une femme qu'il appelle Querida.

A ce stade de la discussion le cadenas de ma retenue vole en éclat. Mon excitation est suprême. J'y vais de mon explication et j'essaye d'être le plus clair possible. L'histoire que je lui raconte la passionne. Elle reste bouche bée jusqu'au dessert, jusqu'à la fin de la bouteille, jusqu'au café et même encore après. Puis nous sommes allés chez moi ou évidemment j'avais fait un ménage hypocrite en prévision de cette visite éventuelle que je souhaitais fortement. Adieu Eva ! Après lui avoir montré le livre, après avoir bu un verre, nous nous sommes retrouvés, enlacés sous la protection pudique de la couette et nous nous sommes aimés pour la première fois.

L'infirmière qui m'accompagne dans ce couloir aseptisé n'est pas Brigitte. Cette femme souriante qui s'est effacée avec tact pour séduire ma virilité. Pourtant c'est elle !
Mais dans sa blouse blanche serrée à la taille je ne la reconnais pas. J'ai une frousse appuyée de ce type d'établissement, des odeur médicamenteuses, des regards croisés et désespérés des vieux, de ces cris à vous déchirer votre humeur, de la hauteur des médecins, du dynamisme guerrier des infirmières ou de la nonchalance de certaines. La voix de Brigitte est une autre. Elle est sertie d'une assurance que je lui découvre. Ce dédoublement de personnalité m'intimide. Ce renversement de dominée en dominante me déconcerte. Je l'écoute avec attention dompté et je la suis comme un gentil toutou à ruban. D'un ton docte, elle m'explique que dans le cas de Pablo c'est sa mémoire à long terme qui est affectée par la maladie, celle des faits datés, chronologiques et localisés ainsi que les acquis professionnels, culturels, loisirs ou autres. La mémoire des habiletés motrices acquises comme la marche, la natation, le vélo, la danse, par contre ne sont pas touchés. Elle me prévient aussi de ne pas m'étonner si parfois le vieil homme cherche avec un certain énervement un mot qui paraît évident. Cela s'appelle l'aphasie et c'est un trouble normal dans le processus de la maladie.

Enfin, nous arrivons devant une porte. Pablo est derrière et ma main se cramponne au livre que je tiens serré contre ma jambe. Brigitte est obligée de me laisser seul car son service l'appelle. En se retournant dans le couloir elle m'encourage à pousser la porte.

L'ancien combattant de la république est assis près de la fenêtre sur une chaise clinique. Dehors, une famille de pigeons qui a élu domicile sur le toit voisin semble attirer à première vue son attention. Il est immobile. Il a des épaules encore hautes tenue par une fierté increvable, innée. Le visage est buriné, craquelé par toute une vie, le cou tendu vers l'extérieur. Il regarde les oiseaux mais il ne les voit pas : il chuchote...

A pas de loup je m'approche et je tends l'oreille. C'est bien de l'espagnol. La sonorité des mots et la musique des phrases sont particulières. Je parie que ce sont des vers de Garcia Lorca… Je l'interromps en l'appelant par son prénom. Il pivote le buste sur la gauche. Sa bouche affaissée, tremblotante, s'étire doucement en un sourire difficile, un sourire qui aime la compagnie. Je ne sais pas si c'est la chose à faire mais je lui tends le livre et je plonge dans son regard, dans son passé. Je voudrais qu'il ait un moment de lucidité pour qu'il comprenne que c'est moi, son fameux messager, que j'aie retrouvé Maria et son fils. Ému, plus qu'il n'en paraît, j'avise une chaise et m'installe à côté de lui.

Je ne sais pas comment aborder la conversation et je cherche mes mots tandis que je l'observe ouvrir le livre. Il n'a aucune réaction. Il tourne lentement les pages. Quand il parvient au milieu de l'ouvrage, mon émotion est à son comble. Une larme coule le long de ma joue et je la laisse me chatouiller. Il fixe un instant le début de la lettre puis rabat avec la précaution de son âge la couverture noircie. Il me dit :
- Tu es venu me chercher, mon fils ?

J'ai la gorge serrée et me lève précipitamment. Puis, calmé, je me rassois et lui réponds, en choisissant mes mots pour ne pas le peiner, que je ne suis pas Progresso. Mais que je suis un ami à lui,.. J'ajoute que je sais où il habite et qu'il va venir bientôt lui rendre visite. Je lui parle de Maria mais celle-ci ne retient pas beaucoup son attention. Je suis surtout conscient que tout ce que je lui dis, il va vite l'oublier, l'amalgamer avec les images mélangées de ses souvenirs. Mais cela m'apaise de lui confier que je vais organiser une visite. Je pense sincèrement qu'il a le droit de revoir sa famille avant de mourir,

Par quel miracle, cet homme, a-t-il survécu à Teruel ? Cela je peux l'imaginer : les troupes franquistes ont fait des milliers de prisonniers. Mais je suis déconcerté. Comment se fait-il qu'il n'ait jamais retrouvé sa famille ? Est-il resté si longtemps dans les geôles espagnoles pour avoir perdu trace à jamais de Maria et de son fils ? De plus, pourquoi se retrouve-t-il à Toulouse ? La ville où sont justement les siens depuis la fin de la guerre. Autant de questions qui restent sans réponse.

Le vieillard s'est remis à baragouiner son espagnol pour moi incompréhensible. Je reste avec lui un moment mais cela ne sert à rien. Il est ailleurs, dans les plaines brûlées de l'Andalousie.

Brigitte, entre deux soins, poussée par la curiosité, est venue nous rejoindre mais comme moi elle est déçue. Elle me précise que lorsqu'il bavarde ainsi avec son fantôme, il n'y a plus rien à faire. Par contre lorsqu'il parle son français irréprochable avec son accent espagnol, c'est un plaisir de l'entendre sauf quand il raconte les atrocités des batailles. Je promets de revenir le voir et je me sauve, pressé de me rendre à l'improviste chez Maria, en souhaitant que Progresso soit encore à son travail. Je veux m'entretenir seul avec elle. Elle devra se prononcer elle-même quant à son fils, me dire si elle désire qu'il sache la vérité. Je ne tiens pas à générer un drame. Cet épisode familial ne doit pas engendrer le malheur. Il y en a eu beaucoup trop durant toutes ces années.

La petite vieille répond au premier coup de sonnette presque instantanément. Et pour cause, elle est derrière la porte et range des vêtements dans le placard qui est sur la gauche en entrant. Ce fameux placard. Avant même de la saluer, qu'elle se remette de sa surprise de me voir, je constate qu'il n'y a plus de lit, que des cintres, des vêtements, des cartons à même le sol. Elle me précède dans le séjour. Avec son chignon juste un peu défait, elle est habillée en noir de pied en cap. La dernière fois, il y a plus d'un an, elle portait un pull rouge comme le sang de la corrida. J'avais eu cette image qui m'était restée collée à la mémoire.

Je comprends que le papi est parti au cimetière. Je suis peiné pour elle mais cela va faciliter ma tâche.

Maria est seule comme je l'avais espéré. Déjà elle me demande si j'ai terminé mes recherches. J'évite le sujet et comme pour Pablo, j'extrais de ma veste le livre que je lui tends. Elle ne comprend pas et scrute avec attention la couverture abîmée. Puis elle tend son bras vers la table pour attraper ses lunettes avec un petit sourire d'excuse. Le nez ainsi couvert elle reprend le livre qu'elle avait posé et le tourne avec curiosité sur la tranche pour en lire le nom de l'auteur. Là-dessus, elle jette cette phrase :

- Le pauvre lui aussi ils l'ont eu !

Alors j'insiste :

- Ouvrez-le à l'intérieur !

Contrairement à Pablo, Maria possède encore pour son âge une vivacité d'esprit plus qu'honorable malgré une propension à parler trop. Barricadé dans un silence respectueux je l'observe. J'attends ce qui va suivre. Bizarrement, je suis plus détendu que ce matin. Je flotte au-dessus de la pièce comme détaché de la scène. Maria manipule du bout de ses doigts déformés les pages qui trahissent un léger tremblement. Son visage hermétique ne lâche aucun signe de faiblesse. Puis quand elle a terminé, elle referme le livre et le tient serré contre sa poitrine, figée dans une posture de prière adressée au destin. Peut-être une sorte de remerciement à son dieu anarchiste qui ne l'a guère épargnée. Je me fais petit dans mon coin. Que ne donnerais-je pour savoir ce qu'elle pense ?

Puis elle sort de son immobilité… Son regard a retrouvé sa brillance pour me demander d'où je tiens ce livre. Alors, je lui raconte comment je l'ai acheté et surtout pourquoi je leur ai menti la première fois. Mais la raison pour laquelle je suis revenu la voir, profitant de l'absence du reste de la famille, enchevêtré dans un choix cornélien, j'hésite toujours à le lui avouer. Or, comme il n'existe d'autres façons d'annoncer une nouvelle, bonne ou mauvaise, qu'avec des mots, je me fais violence et je parviens à déposer sur le silence qui nous sépare soudain, avec d'infinies précautions, ces trois mots qui me brûlent les lèvres :

- Pablo est vivant !

Elle me dévisage et je réalise qu'elle n'entend pas ce que je dis. Je répète donc en précisant :

- Pablo est vivant, je lui ai parlé ce matin... Il a été placé dans une maison de retraite.

Et sa réponse, me cloue, me transperce, me tue :

- Ce cher Pablo n'est pas encore mort ?

Et dans un souffle elle ajoute :

- Il est donc revenu ?

C'est le mot « encore » qui me saisit d'étonnement. Ce mot qui laisse entendre qu'elle le savait vivant. Je n'ai pas le temps de lui poser la question car elle se lève et file dans sa chambre. Elle ouvre la porte d'une armoire, farfouille dans ses affaires, puis elle revient avec un carton à chaussures. Dedans, il y a une collection de cartes postales. Une vie jalonnée d'images. Des paysages de la France et de l'Espagne. Certaines de plus loin. Beaucoup plus loin... Justement celle qu'elle me tend est estampillée d'Argentine. Cela me dit quelque chose.

- Tenez, lisez ! lance-t-elle.

C'est l'écriture de Pablo. Je reconnais son style de mouche appliquée. Le tampon porte une date et un lieu : Buenos Aires, 22 février 1960. C'est écrit en espagnol et ça commence par ce mot : Quérida. La suite est facile à déchiffrer :

« Je te demande pardon, de t'envoyer ce mot qui sera le dernier et je tiendrai ma promesse. Tu n'entendras plus parler de moi. J'ai trouvé un travail. Je suis chauffeur de bus, alors ne t'inquiète pas ! Notre petit ne saura rien puisque tu lui as donné un autre père, un père qui s'occupe de lui. J'ai eu tant de joie de te revoir mais tant de peine aussi, tu peux t'en douter. Pardon pour toujours. Je t'aime. »

Je balbutie :

- Vous l'avez revu ?

Elle reprend sa place sur le canapé. En 1959, un dimanche en faisant son marché sur le boulevard, elle est tombée sur lui. Ils se sont retrouvés devant une montagne de carottes. Durant vingt années elle l'avait cru mort. La croix rouge le lui avait annoncé officiellement. Alors, en désespoir de cause, après la guerre, elle avait épousé un jeune réfugié qui avait accepté d'élever le petit Progresso comme son fils. Cette rencontre les a bouleversés. Ils se sont revus deux ou trois fois en cachette, dans l'arrière salle d'un café. Pablo avait fait près de quinze ans de prison mais sous un autre nom pour éviter d'être fusillé. Il avait détruit ses papiers et il s'était donné une autre identité, celle d'un camarade qu'il savait mort, sans famille. Libéré, sans attache, il était reparti à Séville puis ayant appris que Maria avait disparu, qu'elle vivait d'après les dires de sa famille peut-être à Toulouse ou dans les environs, il avait tenté sa chance et il avait essayé de la retrouver mais en vain... D'un chantier à l'autre, maçon ou bien homme à tout faire, il s'était résigné.

Un jour le hasard les avait réunis mais ce jour-là n'avait pas été comme il l'avait tant rêvé ; son fils avait plus de vingt ans ; il ne portait pas son nom ; sa femme était remariée avec un autre et elle l'avait supplié de ne rien dire, de quitter la ville, de ne pas briser son ménage. Il était arrivé trop tard. Elle avait eu un autre enfant. Pablo l'aimait et il avait de la classe. Il avait obéi et il était parti en Argentine. Le seul courrier qu'elle avait reçu avait été cette carte qu'il lui avait adressée par l'entremise d'un copain qui la lui avait remise discrètement.

Je regarde Maria et une larme enfin coule le long de son nez. Un moment j'ai cru qu'elle n'avait plus d'amour pour Pablo. Mais je me suis trompé. La vie, la guerre, les ont écrasés. C'est tout.

- Où est-il ? me demande-t-elle.

Je donne l'adresse. Elle hoche la tête et me surprend pour la seconde fois :

- Je vais demander à Progresso de m'y conduire, me dit-elle.

Il n'y a plus rien à ajouter. Je comprends qu'elle va enfin lui avouer la vérité, lui révéler ce à quoi il a droit.

Puis j'entends l'ascenseur qui cogne dans la cage. Un pas et la porte d'entrée s'ouvre. Elle n'est jamais fermée à clef. Ici il n'y a rien à voler. Rien n'a de la valeur... Excepté les souvenirs ! C'est José qui revient du bistrot. Il titube et va s'enfermer à la cuisine. On entend le frigo s'ouvrir et la radio nasillarde qu'il vient de brancher. La vie qui s'était assoupie dans ce petit appartement en cet après-midi s'est remise à brailler. Je prends congé et lui demande la permission de revenir dans quelque temps. Elle me fait signe de me pencher et m'embrasse sur les deux joues. Je suis parti et j'ai laissé le livre sur le canapé blanc.

J'ai retrouvé Brigitte.

Maintenant j'en sais un peu plus sur Pablo. En Argentine il a rencontré une femme et il a vécu avec elle. Ils ont eu une fille de cette union. Et il est resté là-bas jusqu'à l'âge de la retraite… Puis sa compagne est décédée et sa fille mariée, perdue dans le nord du pays, il s'est retrouvé seul. Alors, la nostalgie aidant, le passé l'a rattrapé pour de bon. Avec l'âge il était devenu surtout plus vulnérable.

A Toulouse, il a vécu dans l'ombre de Maria et de son fils. Combien de fois s'est-il débrouillé pour les croiser dans la rue ? Mais sans jamais trahir sa parole. Combien de fois, aussi, s'est-il débrouillé pour apercevoir ses petits-enfants, et arrière-petits-enfants au jardin des Plantes ? Toujours stoïque à la douleur qui torturait son amour.

Puis sa fille est venue en France quelques mois. Juste pour se rendre compte qu'il vivait misérablement, qu'il ne se suffisait plus, qu'il risquait un accident grave. Elle l'a fait placer dans cette maison et puis elle est repartie.

Que pouvait-elle faire d'autre ?

Cela fait plus d'un mois maintenant que cela s'est passé.

Ce soir je suis monté au onzième et j'ai sonné. Progresso m'a ouvert et il m'a embrassé comme si j'étais de la famille. C'est l'heure des informations. Curieusement la télévision ne marche pas. Maria est assise sur le canapé et lit la Dépêche. Dans la cuisine sa belle-fille prépare le repas et fait silence en posant les casseroles sur le feu. Le frère est avec elle et il se tape une bière silencieusement, des écouteurs sur les oreilles, branché sur la radio. Progresso me sourit et me fait chut avec le doigt. Comme je ne comprends rien, il me montre le placard. Il me dit : Pablo vient juste de s'endormir. Aujourd'hui il nous a parlé et nous a raconté Teruel.

Je suis sidéré. Et soudain je saisis. Maria a donc mis son fils au courant. Je me souviens alors de ce qu'il m'avait confié. Chez eux, on ne mettait pas les vieux dans des maisons. Il y avait le placard. Je n'ose pas rester trop longtemps et je suis obligé de leur dire que Brigitte m'attend en bas dans la voiture. En réalité c'est elle qui m'a poussé. S'il n'avait tenu qu'à moi je ne serais jamais revenu. Une pudeur, une lâcheté, je n'en sais rien.

Maria, Progresso, sa femme et même José avec sa canette à la main ont tenu à me raccompagner jusqu'à la voiture. Ils veulent faire la connaissance de Brigitte. Et dans une quinzaine de jours nous sommes invités pour une paella. C'est comme ça chez eux ! On invite tout le monde à manger, même les étrangers. Sauf que je n'en suis plus un à les entendre.

Dans ma bagnole, Brigitte me souffle que ce sont des gens vraiment sympathiques.

Je ne l'écoute pas. Je pense à autre chose. Demain j'irai voir mon père.

L'incendie

C'était entre Noël et le Jour de l'An.

J'étais débordant de gaieté. Vous savez… ce bonheur pétillant que l'on acquière après deux verres de whisky tandis que l'on prépare la table où votre famille est invitée à faire ripaille. Tout en posant délicatement les assiettes du service, je me laissais bercer par le ronronnement des conversations qui baignaient la pièce. Ma chère belle-mère parlait, couvrait de son volume, de son débit les velléités orales de ceux qui essayaient d'en placer une. Son mari qui faisait l'admiration par sa capacité d'écoute dégustait avec un plaisir évident son verre de pastis. Dans le couple extraordinaire qu'ils formaient il était le récepteur de sa tendre moitié qui émettait, dès le lever, jusqu'à la fermeture de ses paupières, le soir sur l'oreiller parfumé. Ma femme, coincée sur le canapé entre son cousin guitariste et sa cousine hôtesse de l'air, se roulait avec dextérité sa prochaine cigarette, tandis que notre aînée jouait avec sa fille devant la cheminée, une jolie petite princesse blonde de deux ans,

Je cherchais du regard ma seconde fille et ne la voyant pas, j'en déduisis qu'elle était à l'étage, enfermée dans sa chambre avec sa musique, sa lumière tamisée, ses dessins, son ordinateur, son téléphone et ses problèmes compliqués d'adolescente. Le reste de la famille finissait de combler l'espace du premier étage. Ce gentil monde allait et venait entre la cuisine, le séjour, un verre à la main, un petit four dans l'autre, avec un mot à se dire dans le genre : « Tu sais quoi ? » ou bien alors dans le style : « Dis ! tu te rappelles ? ».

J'écoutais discrètement, légèrement ivre, ces bruits familiers qui me chauffaient le cœur et continuais ainsi à organiser ma table. Puis, ayant terminé, je saisis mon verre déjà vide. Je me dirigeais vers le bar avec la ferme intention de m'octroyer une troisième et ultime rasade... Limite que je savais par expérience

ne devoir jamais dépasser sous peine de nausées et vacillement du sol.
C'est à ce moment-là que je sentis cette odeur de brûlé.

Étonne, mais guère plus que ça, je reniflais et coulais un regard vers les fumeurs, en soupçonnant déjà un trou dans le canapé, ou pire, une cigarette mal éteinte qui continuerait à dégager sa fumée du fond d'un cendrier oublié. Avec cette odeur pour moi si insupportable. Après une inspection discrète je ne trouvais rien, ni volute suspecte, ni même brûlure dans le cuir. Ma chère épouse, comme à son habitude, la cigarette fichée dans ses jolies lèvres, cherchait avec agacement son sempiternel briquet qui avait encore échappé à sa vigilance. Pour rallumer une fois de plus cette fichue clope roulée qui n'arrêtait pas de s'éteindre.

Soulagé, mais flairant comme un chien à la recherche de son os, j'allais vers la cuisine. Les côtelettes d'agneau étaient toujours dans le plat et les feux de la cuisinière n'étaient pas allumés.
Sous l'effet anesthésiant de l'alcool je ne m'alarmais pas pour autant et, toujours reniflant, je montais lentement à l'étage.

Personne n'avait prêté attention à mon manège. Aucun n'avait été intrigué par mes reniflements intempestifs. Sauf mon beau-père qui s'était levé, qui m'observait intrigué par mon attitude. Au fur et à mesure des marches, l'odeur devint plus forte. En quelques secondes, je me trouvais dans le couloir. La scène qui se déroulait devant mes yeux ébahis me figea les sens. Je n'ose dire me glaça le sang. Au fond du couloir, à droite, se trouvait une pièce mixte qui servait de chambre d'amis et de bureau. Il y avait là, une bibliothèque avec mes chers livres, nos photos de famille, l'ordinateur avec ma modeste production littéraire dans le disque dur et, comble de stupidité, mes sauvegardes rangées sur la table. Avec de surcroît, l'ensemble de mes manuscrits dans le tiroir du bureau et, dans un petit placard d'osier qui jouxtait, mon attirail de peinture ainsi que plusieurs toiles que j'avais entreposées là, faute de place sur les murs.

La porte était entrouverte. J'apercevais comme une sarabande jaune et orange sur un fond d'ombres folles que ma perception des choses, faussée par l'abus d'alcool, trouva belle l'espace d'une seconde. Puis le temps se remit en branle. Tel un abruti j'avançais vers la porte. Je fis ce qu'il ne faut jamais faire dans un tel cas : je posais ma main dessus et la poussais sans une hésitation.

Cela n'arrive qu'aux autres dit-on. J'avoue que je n'avais jamais imaginé être confronté à une pareille réalité. L'appel d'air généré par mon geste inconsidéré embrasa la pièce. Une violente flamme lécha mon visage, brûla une mèche de mes cheveux et me fit instinctivement reculer.

Mon appel au secours, la sirène de ma voix demeura muette devant cette vision d'enfer. Ces flammes injustes dévoraient mon bureau, mes belles poutres, mon plafond lambrissé dont j'étais si fier. Elles fondaient mon ordinateur, mon imprimante et toute ma collection de CD. « Au feu ! » arrivais-je enfin à crier avec une voix apeurée, discordante. « Au feu ! Au feu ! » répétais-je quand même d'un ton plus assuré, plus fort, tout en bousculant le beau-père qui m'avait suivi. Puis je dévalais comme un fou l'escalier pour tomber dans un cercle de visages étonnés qui me détaillèrent d'un air incrédule et surpris. « Au feu, au feu ! » rabâchais-je sans donner d'autres explications car j'en étais bien incapable. Mon cerveau n'avait retrouvé que ces deux mots et il ne savait plus qu'il en existait d'autres. « Au feu, au feu ! » Et pour appuyer mon cri d'alarme, je tendais le bras vers le plafond tout en essayant de pousser les gens dehors. Soudain, réalisant dans mon excitation que je devais tenter quelque chose car personne ne comprenait ce qui se passait, je me précipitais dans la cuisine. Et dans une danse ridicule de gestes désordonnés je vidais les placards à la recherche d'une casserole n'ayant rien trouvé de mieux pour éteindre l'incendie.

Déjà je voyais l'appartement détruit. Que dis-je l'immeuble entier. « Les voisins, les voisins ! » arrivais-je, toutefois, par je ne sais quel miracle à articuler devant ces imbéciles immobiles qui me fixaient toujours sans réaction. A croire que j'étais seul à réaliser le drame qui se déroulait. Là-haut il n'y avait que du bois ! Rien ne pouvait arrêter la progression de l'incendie. « Au feu, au feu ! Il faut les pompiers ! » Dans ma détresse, dans mon aveuglement, dans ma peur, dans ma pitoyable attitude, je remontais aussitôt à l'étage avec mes casseroles que j'avais oublié de remplir.

Le feu avait de l'appétit…
Les cheveux brûlés, ruisselant de sueur et tremblant d'angoisse, j'essayais de remplir mes deux ustensiles dans la baignoire de la salle de bain. Cependant je n'arrivais à rien. Mon stress grandissait. La chaleur était insupportable. Les fumées étaient suffocantes. J'abandonnais l'idée.
Tout à coup je songeais à ma fille, la cadette, dans la chambre à côté. Elle y était toujours enfermée. J'ouvrais vivement sa porte et la trouvais couchée sur son lit, les yeux fixés dans le vague, les écouteurs sur les oreilles. Devant ce père en déroute, devant cette tête écarlate, à la coiffure roussie, devant ce personnage désordonné, enveloppé dans une fumée qui déjà s'engouffrait dans la chambre, la gamine comprit dans la seconde qu'il se passait un événement grave. Elle rejoignit sans réfléchir, le reste de la famille, en bas, qui commençait enfin à s'organiser.

En un rien de temps l'appartement se vida. Alertés par mes cris, par le vacarme, les voisins mirent à leur tour leur nez dehors et nous rejoignirent dans la cour. « Au feu, au feu ! Il faut sortir d'ici ! » ne savais-je que répéter, en bras de chemise, les yeux hagards, et en gesticulant toujours de plus belle.

Sur l'avenue de Muret ce fut la pagaille chacun ayant réagi à sa façon. Le cousin guitariste avait un bel l'appétit. Il avait donc eu la présence d'esprit d'emporter, outre sa superbe guitare, le saladier débordant de taboulet. Il avait aussi fourré à la va-vite, dans une poche plastique, les côtelettes d'agneau. Ma fille aînée qui avait oublié de se vêtir chaudement avait emmitouflé sa fille dans son joli manteau avec ses petits gants, bonnet et écharpe. Ma belle-mère continuait de parler toute seule car plus personne ne l'écoutait, le beau-père à ses côtés, stoïque, tandis que mon épouse, très efficace, le portable à la main, tenait une discussion serrée avec les pompiers, tout en arpentant le trottoir à grands pas.

Les commentaires bruyants de cette famille méditerranéenne et particulièrement agitée, troublèrent la tranquillité nocturne de l'avenue. A cette heure-ci le trafic automobile était faible. Les voitures ralentissaient, les occupants dévisageant ces drôles de piétons qui gesticulaient. L'incendie, là-haut, faisait rage… Sur le ciel de cette nuit de décembre, une fumée noire s'échappait du velux de la chambre. Elle dessinait une colonne tortueuse qui s'élevait lentement, saisie par le froid et l'humidité de la Garonne qui coulait paisiblement de l'autre côté de la digue.

Personne ne me prêtait attention. J'étais désespéré. La peur me guidait dans des réactions irrationnelles Je venais de réaliser que toute ma production littéraire était la proie du feu. Le fruit de la liaison passionnelle, entre le plaisir et la souffrance qui m'animaient depuis trente ans, était peut-être déjà réduit en un misérable tas de cendres. Les flammes m'assassinaient à travers mes pages. Tout le contenu de mon esprit que je croyais avoir emprisonné dans l'ordinateur, que j'avais imprimé sur papier se faisait la belle, s'échappait à jamais. Je pleurais d'une peine profonde car je savais que ce moi, cette partie de moi que j'avais préservée pour après ma mort m'avait déjà certainement précédé dans le néant insondable de l'oubli.

Alors, poussé par un désir frénétique de les sauver, si cela était encore possible, je me mis à courir en direction de la caserne des pompiers. Ancré dans mon idée, je n'avais pas mesuré que ceux-ci étaient déjà prévenus. La caserne étant si près de chez nous, ils allaient déboucher dans le panorama d'un instant à l'autre. Le sportif que j'avais été dans le temps manqua, ce soir-là, d'entraînement. Ma foulée fut hésitante. Mon souffle en perdition. L'alcool encore présent dans mon corps, très vite, je me traînais plutôt que je ne courais, le long de cette avenue que je trouvais interminable. .

J'arrivais à hauteur de la place de Barcelone, plus connue sous l'ancien nom du Fer à Cheval.

Au prix d'un effort ultime je m'écroulais enfin devant l'entrée de la caserne Vion. A cet instant, un magnifique camion rouge, rutilant d'espoir, démarrait pour nous secourir. Je n'eus que le temps d'adresser un semblant de signe à ces hommes qui me fixaient perplexes. Le chauffeur m'ayant vu tituber devant son pare-choc freina pour éviter de m'écraser. Il ouvrit sa portière et me demanda ce que je voulais. J'ouvris la bouche mais je fus incapable de sortir le moindre son. Le ventre coupé en deux je m'effondrais sur le trottoir.

Assis ou plutôt écroulé sur les marches d'un immeuble, devant une petite dame qui promenait son caniche, je tentais vainement de reprendre mon souffle. Sous le regard désolé et compatissant de cette brave personne j'aperçus à travers un brouillard épais les contours du camion et de sa grande échelle qui redémarrait en m'abandonnant à mon triste sort.

Des étoiles multicolores dansaient tout autour de moi tandis que je retrouvais ma capacité respiratoire. Les membres tétanisés, je me relevais avec difficulté et, clopin-clopant, je refis le chemin en sens inverse. En moins rapide…

Devant l'appartement c'était l'effervescence.

Les pompiers avaient déroulé un tuyau. Sous le commandement de leur officier les hommes œuvraient avec méthode. Le groupe constitué par notre famille, les voisins plus les incontournables badauds malgré l'heure avancée commentaient le déroulement des opérations.

On nous rassura. On nous expliqua que cela n'était rien. Ou presque rien. Ce n'était qu'un feu, heureusement pris à temps et qu'il était maintenant quasi circonscrit, mais on ajouta aussi, à dix minutes près, tout allait s'embraser. C'est à dire le toit, les appartements voisins, l'ensemble de l'immeuble. Grelottant sous l'effet de cette peur rétrospective j'écoutais complètement horrifié ces explications. Puis reprenant courage je pénétrais à l'intérieur de la maison, en suivant le tuyau gorgé d'eau qui la traversait jusqu'à l'étage comme un gros vers envahissant. Je réalisais à ce moment-là l'ampleur des dégâts que ce feu avait occasionné.

Dans le séjour je me heurtais brutalement au cuir de l'épaule de l'un des derniers pompiers qui pliaient leur matériel. Avec ce volumineux serpent entre les jambes je montais alors lentement à l'étage, sur le lieu du sinistre. Prêt à tout voir ! Je ne fus pas déçu.

Dans la chambre c'était le carnage. Les poutres qui faisaient ma fierté étaient calcinées. Mon ordinateur réduit en une sorte de sculpture moderne. L'imprimante avait, elle aussi, fondue. Les livres reliés cuir étaient devenus gris, jaunâtres. Tout était épars, brûlé, mouillé.

Un jeune gars laissait apparaître sous son casque d'argent un aimable sourire. Celui de la satisfaction du devoir accompli. Les flammes avaient été maîtrisées... Comme on le lui avait appris à Marseille, à l'école des pompiers marins, il avait utilisé l'eau nécessaire, pas plus, et n'avait donc pas inondé le sol. J'étais atterré par l'ampleur des dégâts. La pièce était détruite. Les autres chambres et la salle de bain, qui n'avaient pourtant pas brûlé étaient couvertes de suie. Cela sentait le cramé et l'odeur prenait à la gorge. Mais le pire était à venir... Le jeune pompier plia le tuyau, et le capitaine arriva avec une hache sur le dos. Il inspecta minutieusement la chambre à la recherche d'un foyer subsistant. Puis n'ayant rien trouvé, il prit son outil et s'attaqua sans aucune autre cérémonie au lambris du plafond. A grandes entailles, il fit d'énormes trous, arracha les planches et s'acharna pour agrandir les espaces pour inspecter l'intérieur avec sa torche, vérifier si plus rien ne couvait sournoisement.

Pauvre plafond ! Pauvre de moi ! Écœure je regagnais l'avenue pour retrouver les autres et me réconforter à leur contact.

Dans la rue je retrouvais mon épouse. Elle me prit le coude et me désigna notre fille cadette qui pleurait à chaudes larmes, à l'écart, seule, appuyée contre le mur. Nous étions étonnés de la voir ainsi car l'ampleur du désastre, qui en réalité ne touchait que du matériel, n'aurait pas dû déclencher autant de larmes. L'ayant rejointe nous l'entendîmes alors qui répétait dans son mouchoir trempé :
- Il est mort ! Il est mort !
- Mais qui est mort ?
- Mon rat. Mon rat est mort !

Nous étions stupéfaits. Entre deux sanglots elle nous raconta son histoire. Nous hébergions depuis deux mois un magnifique rat gris et nous ne la savions pas… Par peur d'un refus de notre part, elle n'avait pas osé nous avouer que ses amis lui avait offert pareille bestiole. Elle le tenait caché dans sa chambre, en sa compagnie, puis pour le soustraire à notre regard, lorsque nous étions à la maison, elle le mettait sous le lit bateau du bureau, lit sous lequel, une fois les tiroirs poussés, la bête ne pouvait s'échapper.

Devant ce chagrin, loin de la gronder, nous essayâmes plutôt de la réconforter. Nous comprirent aussi pourquoi depuis quelques temps nous avions trouvé des fils électriques grignotés, et que des accrocs bizarre décoraient le col de ses pull-overs ou de ses polos. Pour la calmer, je tentais de lui expliquer que lorsqu'un bateau coulait les rats filaient toujours les premiers. Pour un incendie c'était la même chose. Pourtant, je savais bien que la pauvre petite bête coincée sous le lit n'avait eu aucune chance de survie.

N'étant d'aucune utilité, je laissais la mère et la fille ensemble et remontais dans la chambre. Le capitaine avant d'ordonner à ses hommes d'évacuer me demanda si quelqu'un pouvait passer la nuit sur place pour leur éviter des rondes suivant la procédure en vigueur. Il était temps, aussi, pour la famille, pour les enfants surtout, d'aller se mettre au chaud, et de partager ce repas sauvé in extremis par notre guitariste de jazz. Nous laissâmes à son triste refroidissement l'appartement et nous nous réfugiâmes chez les beaux-parents à Ramonville-Saint-Agne..

L'émotion donne de l'appétit. Aussi, les assiettes se vidèrent, les verres se remplirent et la nuit avança à petits pas. La vie reprit son cours, chacun y allant de ses histoires. J'étais encore sonné. Nous avions évité le pire. Heureusement aucune victime n'était à déplorer. Les enfants auraient pu être dans la chambre voisine, être intoxiqués. Et je n'osais penser aux tracasseries des travaux à venir, aux problèmes d'assurance, d'autant que l'explosion de l'AZF avait déjà éventré l'appartement trois mois auparavant et que nous vivions avec des fenêtres calfeutrées par du plastique. Nous terminions en beauté la fin de l'année.

Tardivement, je quittais à regret la villa et seul je rentrais chez moi. L'appartement était sinistre. Il puait le roussi. Le plancher était sale, souillé par les bottes des pompiers. Il faisait froid car je n'avais pas osé allumer le chauffage. Le feu était parti d'un radiateur électrique. Ma fille cadette qui devait dormir dans le bureau, avait déplacé mes toiles. Elle les avait mises contre le radiateur qui était allumé. Celui-ci, était placé sous les combles, à l'endroit le plus bas. Il avait chauffé cet air prisonnier. Les facteurs pour réaliser le phénomène de combustion s'étaient trouvés réunis. Lorsque j'avais poussé la porte tout s'était embrasé.

Après avoir fait le tour des pièces, j'abandonnais l'idée de faire du rangement. Passablement dégoûté je me glissais habillé sous la couette froide de ma chambre. Ma nuit fut alimentée par des rêves agités, par des scènes de flammes, d'eau et de plafonds martyrisés.
Le lendemain matin avant même de préparer mon café, me revint à l'esprit l'histoire du rat. Je me précipitais dans la pièce

sinistrée que j'avais fermée à clef la veille. Une geste puéril que j'avais eu avant d'aller me coucher. Sans hésiter je soulevais le matelas du lit qui avait été épargné. Je trouvais le rat raide mort. Délicatement je le pris par la queue pour aller le déposer dans la poubelle.

Plus tard ma fille me demanda de ses nouvelles et m'obligea à lui mentir en racontant que sous le lit je n'avais rien trouvé. Elle fit semblant de me croire et quinze jours plus tard, à la sortie de son lycée, elle nous montra rayonnante ce qu'elle portait dans son cou. Ma femme et moi, horrifiés aperçûmes alors la queue d'une magnifique rate, au pelage blanc, aux yeux rouges, qui grignotait le capuchon où sa maîtresse l'avait logée durant l'après-midi. Les copines et les copains compatissants du drame passé s'étaient cotisés pour lui en acheter un autre. Que pouvions nous dire et faire ? Nous la félicitâmes et depuis lors nous apprîmes à vivre en famille avec ce genre d'animal qui gagne quand même à être connu.

Une nouvelle vie

C'est une superbe fille. Elle est brune avec des cheveux de nuit, pas plus de vingt-cinq ans et lorsqu'elle le regarde, le temps fait une halte. Elle n'est pas maquillée, à peine la bordure des cils, garde-fou du puits de son regard, gouffre de ses pensées.

Derrière c'est le torrent. Au-dessus la cascade du ciel, celui d'un mois d'octobre exceptionnel. L'écume éclate sur la pierre, sur le roc pyrénéen. Elle remue les lèvres mais il n'entend que le grondement de l'eau. Rien que du bonheur à la regarder. Le vent a tourné et un nuage mouillé les enveloppe. Ils se sont reculés et le temps a repris son tic-tac. Contre son oreille elle a murmuré :
- Rejoignons les autres !

Il a obtempéré. Que faire d'autre ? Il aurait aimé rester avec elle jusqu'à la nuit tombée, jusqu'au lendemain, jusqu'au bout du chemin. C'est nouveau pour lui. C'est tout neuf. Cela vient de lui arriver. Déjà il en est certain. C'est elle... C'est bien elle ! Il l'aime. Son bonheur est éclatant. Son futur est bleu. L'existence est parfaite. Il est amoureux.

Elle s'est accrochée à son bras pour ne pas glisser sur la mousse des galets. Tatave, Gilbert, Jean-pierre, Gina et Isabelle sont restés de l'autre côté du lac, écroulés sur l'herbe, au soleil. La cascade c'était trop loin pour eux.

Ils ont repris le sentier. Vingt minutes plus tard, ils ont retrouvé les autres, installés autour d'une table du refuge dégustant de la bière et rêvant paresseusement, les yeux dans le vague, noyés dans l'eau limpide du lac d'Oô, immobile, glacée. A peine ont-ils dit quelques mots pour savoir comment était la cascade.
En réalité, il ne fait pas partie de ce groupe de randonneurs. Il est juste monté en leur présence. Le hasard... Même rythme de

pas... Ils sont aussi de Toulouse comme lui. C'est ainsi qu'il a pu faire leur connaissance. Aussi hésite-t-il à s'asseoir à leur table. Soudain il s'aperçoit qu'il ne connaît pas son prénom.

- Comment t'appelles-tu ?
- Echeverry

Il reste étonné. Les sourcils relevés. Le menton de côté. Sourire en coin.

- Echeverry... Patricia ou plutôt Pat…
- Moi c'est François.

Elle éclate de rire. Ses dents sont un clavier de nacre. Des notes s'en échappent, comme une musique de jeunesse, mélodie de rêve. François désirerait en savoir davantage mais elle s'est tournée avec grâce vers celui qui se prénomme Tatave. Celui-là c'est un grand type blond aux cheveux longs, un bandeau rouge autour du front, style tarzan des années soixante.

L'après-midi touche à sa fin. A l'écart, il boucle son sac à dos. Il est fin prêt pour la descente, à leur emboîter le pas. Refaire le chemin avec eux. Avec elle.

Plusieurs fois Patricia a coulé vers lui un regard complice. Pour vérifier qu'il est toujours bien là. Qu'il ne va pas partir ! Qu'il attend ! Elle sait ce qu'il pense. Elle a compris et cela l'amuse aussi. Il a la conviction qu'elle ressent le même élan. C'est un coup de foudre. Mais il ne se doutait pas que c'était aussi fort, aussi vertigineux. Alors plus rien ne compte. A la recherche de son regard, quand elle plante son âme d'un coup de regard, il est anéanti.

Enfin, la bande de rigolos s'apprête à partir. Il éteint sa cigarette et fait semblant de chercher quelque chose dans son sac. Puis quand ils ont passé le pont qui enjambe le ruisseau il démarre à son tour, décidé à leur laisser prendre un peu d'avance. Il les rattrapera plus tard. Il espère surtout qu'elle va traîner les pieds, et faire en sorte de rester en arrière, pour le retrouver, marcher en sa compagnie. Son sourire était engageant, des plus explicite quand elle est passée devant lui, son sac négligemment jeté sur son épaule comme si elle faisait des courses en ville. Mais peut-être se fait-il encore une fois des idées ? Le sourire des femmes est si mystérieux. On croit deviner et on se plante à chaque fois, pense-t-il.

Un quart d'heure plus loin, en bordure du sentier, il l'aperçoit, assise sur un rocher, faisant mine d'être fatiguée. Elle le regarde s'avancer vers lui. Elle paraît songeuse… Un peu souriante. Pas trop. Juste ce qu'il faut pour que cela ait l'air normal. Puis ils se remettent en route à petits pas. Il est hors de question de faire corps avec le groupe.

Deux fois elle a perdu l'équilibre. Elle s'est appuyée contre lui. François a senti la chaleur de son corps magnifique de jeunesse et de santé. Il a osé lui prendre la main pour couper une boucle du sentier. Ils n'étaient pas obligés de prendre ce raccourci mais François l'a fait délibérément. Pour toucher sa main… Avoir l'opportunité du contact de ses doigts brûlants dans les siens. Cela n'a duré que quelques secondes mais son corps entier a réagi.

Au fil de la marche, il a réussi à savoir dans quel quartier de Toulouse elle habitait. Patricia est de Saint-Cyprien. Lui habite à Balma. De l'autre côté de la ville. « Dommage », a-t-il dit en riant timidement, manière de faire une avancée sur son envie de la revoir. Elle n'a pas répondu. Les yeux sur ses chaussures. Par contre il ne sait comment aborder le sujet de son numéro de téléphone. Il envisage de le faire quand ils se quitteront, en-bas, sur le parking. Ce sera un moment exquis, présume-t-il, où il osera l'embrasser sur les joues pour lui dire au revoir.

Les quatre portières de la voiture ont claqué méchamment. Par timidité il n'a pas su lui demander de rentrer avec lui, de faire la route dans sa guimbarde. Elle lui a tendu la main la première et il est resté con. Il n'y a pas eu d'embrassades sur les joues. Elle a retiré sa main de la sienne et la grosse berline est partie.

François s'est retrouvé seul. Il a oublié surtout de lui demander son numéro de téléphone. Il en pleurerait…

Ils se sont revus plusieurs mois plus tard. Lors d'un concours pour la fonction publique à Tarbes. Ils sont cinq-cents candidats environ agglutinés dans ce gymnase. Des rangées de tables sont alignées avec un numéro. Il a trouvé la sienne sur l'affiche à la porte d'entrée.

Destin, hasard ou chance, il n'en sait rien. Son nom commence par M. Il se nomme François Maurat. Pourquoi alors son regard s'est-il arrêté sur la colonne des E ? Sa poitrine a tambouriné d'émotion. Un nom lui a sauté aux yeux : Echeverry Patricia, table 203. Il n'en revient pas…

Il l'avait cherchée en vain dans l'annuaire le lendemain de leur rencontre. Sans doute était-elle sur liste rouge ? Où fonctionnait -elle qu'avec un seul portable ? Il pensait ne jamais la revoir. Le coup de foudre était retombé comme le final d'un feu d'artifice. Avec juste le souvenir d'un moment merveilleux.

Il se précipite à sa hauteur et aperçoit sa silhouette. Il n'a que le temps de se manifester en l'appelant par son prénom.
- Patricia ! Patricia !
Elle se retourne et lui adresse un signe discret de la main. Mais le micro vient d'intimer l'ordre à chacun de s'asseoir et de faire silence. Ils sont séparés par une dizaine de rangées de tables.

L'examen dure deux heures. Deux heures à attendre avant de lui parler. Il a le cœur qui bat à tout rompre. Mais ce n'est pas le stress du concours. Dès que le sujet est distribué, il agrippe son stylo, vole sur les pages. Il écrit vite, il connaît les réponses mais il est pressé. Il pourrait mieux faire mais la réussite lui importe peu. Il s'en fiche. Plus rien ne compte que la pause d'une demi-heure avant de continuer la prochaine épreuve. Une demi-heure où il pourra lui parler. Une demi-heure pour l'avoir à lui.

Il s'est fourvoyé une fois encore. Il n'a pas tenu compte de cette ambiance des concours. D'autres candidats se sont joints à eux. Discussions obligatoires sur le sujet. Difficile donc de parler de choses plus intimes. Ils sont repartis s'asseoir pour deux heures de plus. Deux heures de transpiration, de crispation de doigts sur le stylo, d'énervement sur les feuilles de brouillon.

Enfin ils se sont retrouvés à la sortie, devant le gymnase. Ils ont pu se parler, se confier, regretter de s'être perdus, se réjouir de s'être retrouvés. Il lui a avoué, sans préambule, sans bouquet de roses, qu'il l'aimait... En silence, doucement, elle s'est blottie dans ses bras. Devant les voitures qui passent, devant les gens, il l'a embrassée sur les lèvres, délicatement. Ils se sont réfugiés ensuite dans sa vieille Renault.

Ils ont continué leurs cajoleries derrière un écran de buée. Mille baisers entremêlés de mille bêtises, enrobés d'éclats de rire, de gloussements idiots. Ils sont restés ainsi dans la voiture, sur le parking, jusqu'à la tombée de la nuit. Puis François a mis le contact. Il lui a demandé où était sa voiture mais elle a répondu qu'elle était venue en train. Cela tombait à merveille. Les vieux pistons ont encore tapé leur mécontentement et ils ont repris la route de Toulouse. Il était tard quand il se gara au pied de chez elle ?

Dans l'ascenseur, jusqu'au cinquième, ils sont restés l'un contre l'autre. Pendant qu'elle farfouillait dans son sac à la recherche de sa clef François a eu l'envie d'aller plus loin. De lui faire l'amour, de la posséder. Et son corps longiligne, musclé, s'est mis à trembler. Le désir mais la peur aussi. Peur de tout casser.

C'est elle qui l'a entraîné dans la chambre. Elle lui a fait visiter l'appartement en terminant par cette dernière. Une manière de dire qu'il était inutile de revenir au salon. C'est une jolie pièce avec une grande photographie de l'océan en colère. Un couvre-lit bleu comme chez elle, du côté de Biarritz. Une moquette douce, chaude, ocre, comme le sable des plages immenses.

Lentement, ils se sont caressés étendus sur le lit, habillés. Puis dans la montée du désir, ils se sont arrachés les vêtements. Ils se sont aimés, avec douceur, avec fureur, Sans regarder la nuit sur la ville. Ils n'ont rien mangé, rien bu. Ils sont restés dans le lit, enlacés, à se cajoler, à dormir aussi.

Au matin elle a dit, sans crier gare :
- Nous allons vivre ensemble.

Abasourdi, il s'est redressé et il a entrevu la réalité.
- Vivre ensemble ? a-t-il repris d'un ton hésitant.

Devant sa mine soudain renfermée il a poursuivi pour expliquer son manque d'entrain évident :
- Tu as vingt-cinq ans. Cela ne te gêne donc pas mon âge ?
- Ton âge ? Mais quel âge as-tu ?

François est complètement réveillé. La salive absente. Il a du mal à lui mentir.
- Cinquante-huit ans.
- Mais tu ne les fais pas, tente-t-elle de dire pour le rassurer. Tu sembles avoir à peine trente.

Le vent de panique soulevant le couvercle de l'affreuse vérité a soufflé. Le visage hermétique, il continue. Il est sans pitié pour lui-même, sans pitié pour la jeune Patricia, sans pitié aussi pour le bonheur parfait.
- Tu vas vouloir des enfants. C'est normal. Tu es si jeune…
- Oui, j'espère ! balbutie-t-elle, face à cette question soudaine.
- J'aurai 78 ans ou plus quand ils en auront vingt.

Patricia ne comprends pas. Pourquoi ne veut-il pas d'elle ? Elle est devant lui, installée dans le lit, le dos contre le montant, le drap tiré. Elle veut lui caresser les cheveux mais il s'est reculé. François est maintenant en face d'elle. Il la voit dans sa beauté, sa nudité, sa réalité. Il a baissé les épaules, plié la nuque sous le poids de son âge soudain revenu. Tout allait si bien ! Il était si heureux. Il nageait dans le bonheur.

- Je suis sûre que tu aimes la montagne. Nous avons ce goût en commun. C'est important…

François reste de marbre Pour meubler le silence insupportable, elle poursuit :
- La différence d'âge, je m'en fiche ! Les enfants s'habitueront. L'important c'est que nous nous aimons. Je suis la femme de ta vie.

Oui ! Elle a raison. Pourtant il va lui assener l'uppercut qui va la terrasser. Du moins le croit-il.
- Je suis marié. J'ai des enfants, des petits-enfants aussi...

François s'est réfugié à l'autre bout du lit. Patricia ne dit plus un mot. Quelques larmes s'échappent, glissent, hésitantes sur ses joues rosies. Puis elle crie ou presque. C'est désespéré :
- Tu vas divorcer ? Dis-moi…tu vas divorcer ?

Il n'ose plus affronter ce regard si limpide et il répond sans y croire :
- Oui ! Je vais divorcer. Je vais le faire… Je te le promets.

François a ouvert les yeux. Cette fois-ci pour de bon… Il fixe le plafond, puis son regard dérive vers la fenêtre sans volets. Le soleil flamboie et les arbres agitent leurs feuilles comme dans un salut matinal, rituel.

« Putain de merde ! J'ai rêvé », réalise-t-il immédiatement.

A son côté, son épouse dort, paisible. Il est sept heure. C'est lundi.. C'est le mois de juillet... La chambre malgré la bonne température est froide. Ou alors c'est lui. Mais cela ne fait aucune différence. Il est anéanti… Il a rêvé qu'il était jeune. Il a rêvé qu'il aimait. Il a rêvé qu'il avait sa vie devant lui. Il était dans les bras de celle qu'il avait toujours attendue. Bien sûr, il y a sa femme à ses côtés. Comme ils sont mariés depuis plus de trente ans il a du mal à s'y retrouver dans le compte des années, ces années de vie commune.

François s'est assis sur le rebord du lit, face à l'armoire, comme un idiot, comme un vieux, à grelotter, dans son pyjama de coton.

« Patricia Echeverry, où es-tu ? » se lamente-t-il tout bas. Il est seul, face à la glace de la porte de l'armoire, impitoyable salope qui le foudroie, qui lui restitue l'image de son corps pitoyable, de sa tête défaite, de ses yeux creusés, de ses cheveux déjà gris entortillés par la lutte nocturne entre le sommeil et l'oreiller.

Soudain, un voile s'abat sur lui. Le ciel bleu est devenu noir. Les arbres sont immobiles... Son corps pèse une tonne… Il est paralysé. Ses yeux se sont refermés. Il a encore sommeil. Il tente de lutter mais ceci requière un effort démesuré. Patricia où es-tu ? Quelques secondes auparavant elle était blottie contre lui. Il la cherche machinalement, passe sa main sur son visage en feu. Il est brûlé par les larmes, par la sueur, malgré le froid qui le tient toujours. Du plus profond de son être il accuse la dure réalité. Il a envie de vomir, il se sent défaillir. François renonce. Il se rallonge, tire à lui le drap, jusqu'au menton, pour se protéger, pour refuser, pour rêver encore un peu… Il bouge son bras droit et touche sa voisine. Ce corps qu'il connaît, ce corps qu'il a aimé, qui ronfle gentiment. Elle est à plat ventre, nue, chaude, ses cheveux blonds épars sur l'oreiller qu'elle tient agrippé dans son bras.

François est revenu. Il s'est calmé. Son esprit est en marche. Les idées ont retrouvé la bonne organisation. Mais il n'a pas la force de se lever. Il prolonge cet état de réveil qui oscille entre la nuit et le quotidien. Sous la protection du lit, il se sent vieux. Sa jeunesse qu'il vient de toucher de si près, le temps d'un rêve, a disparu. Il n'y a pas eu de coup de foudre. Le visage de Patricia déjà se dilue dans l'espace de sa chambre.

Combien de fois va-t-il rêver de la sorte ? Il n'est pas le seul à qui cela arrive. Mais en ce qui le concerne c'est la première fois que son subconscient le rappelle à l'ordre. « Passe, passe le temps, il n'y en a plus pour très longtemps », comme le chantait Moustaki. Les amours de jeunesse, c'est terminé, c'est fini, c'est du passé. « Réveille-toi ! » se répète-t-il encore. L'amour a changé de sourire, de visage, de corps. Il a vieilli comme lui. Il doit s'en contenter, se faire à cette idée.

François se lève enfin… Il enfile sa robe de chambre puis il s'en va préparer le café.
Son épouse s'est réveillée. Comme tous les matins, elle attend, les yeux fixés sur le plafond. Embrouillée encore dans sa nuit. Elle aussi a rêvé. Contrairement à François, elle ne se souvient de rien. Lorsqu'elle a entendu le pas fatigué de son mari dans l'escalier elle s'est installée confortablement dans ses oreillers. Habitude aidant, il a déposé le plateau sur le lit et déjà il lui a tourné le dos pour regagner la cuisine où l'attend sa tasse qu'il n'a pas goûté.
- François !

 Il se retourne et lui sourit. Elle lui dit :
- Tu as sacrément bien dormi cette nuit ! D'habitude tu tournes et retournes sans cesse en chamboulant le lit, en tirant le drap vers toi. Cette nuit rien ! Tu n'as pas bougé d'un millimètre.
- Oui c'est vrai ! J'ai bien dormi.

Il hésite une seconde mais il se surprend à répondre en plus :
- J'ai rêvé… J'ai rêvé de toi…
- Et alors ?
- C'était bien… J'étais amoureux. Nous étions…

 Il n'arrive pas à prononcer le mot.
- Nous étions comment ? reprend-t-elle.
- Nous étions amants et nous étions…
- Oui mon chéri ?

C'est un mensonge qu'il va dire. Pourquoi son cerveau a-t-il donné cet ordre ? Il répond :

- Nous étions vieux !
- Plus vieux que maintenant ?
- Oui. Très vieux !

Elle le fixe et son sourire se perd dans la tasse. Il n'a jamais su lui mentir. Aussi, il se tourne, évite de la regarder davantage et file à la salle de bain.

Ce soir sera une autre nuit. Ce soir sera un autre rêve. Peut-être va-t-il retrouver Patricia ? Mais si elle n'est pas au rendez-vous cela n'a plus aucune importance. François a retrouvé quelqu'un qu'il avait perdu, qu'il avait aimé il y a longtemps. Quelqu'un qu'il aime déjà à nouveau. Dans le miroir du meuble de la salle de bain il se regarde avec lucidité. Et son regard se porte vers l'étagère où des photographies sont alignées. A force d'être là, elles sont devenues invisibles. Pourtant, ce matin, il reste cloué devant l'une d'elles. Une petite en noir et blanc, oubliée, collée dans le bas d'une autre plus grande. Ce visage c'est celui de sa femme a dix huit ans. Avec des cheveux à la garçonne. Mais c'est aussi celui de Patricia Echeverry avec des cheveux longs. Et il se souvient, peu à peu. Ce n'était pas dans les Pyrénées mais dans les Alpes. Ce n'était pas non plus lors d'un concours mais sur les bancs de la faculté du Mirail.

Cerveau, ordinateur, quand cesseras-tu de me jouer des tours ?

Un week-end toulousain

C'était un week-end de Pâques et le port catalan de Puerto de la Selva, abrité au pied de sa montagne verte du cap Creus, sous la vigilance du monastère de San Pere de Rodes, s'éveillait de sa longue quarantaine hivernale.

Les habitués venus de Figueras, de Gérone, de Barcelone aussi et d'autres de Toulouse, comme nous, vautrés sur les chaises du café Espanya, offraient leurs corps engourdis au soleil de cette belle matinée. Certains se hasardaient à tremper leurs pieds dans les vaguelettes qui léchaient la jolie plage de sable, face au vieux canon de bronze qui en surveillait l'entrée

Trois chalutiers, un bleu, un vert et un rouge étaient amarrés et reposaient dans l'attente du reste de la flottille. La nuit avait été longue. La pêche mauvaise. Les sardines et les anchois s'étaient fait rares. De l'autre côté du port, les voiliers, petits et grands, encore bâchés, attendaient que leurs propriétaires veuillent se manifester. Les merveilleuses barques catalanes, soigneusement alignées, se balançaient plus loin dans le clapotement apaisant du club nautique. Tandis que la cloche de l'église, dressée dans le haut du village, donnait, en ce jour de fête, l'annonce joyeuse de son message pascal.

Partis de bonne heure de Toulouse, nous étions venus passer le week-end, dans ce lieu de villégiature que nous connaissions et que nous appréciions depuis des années. La montagne abrupte avec sa forêt qui protégeait le village avait longtemps empêché le bétonnage de la côte.

Sitôt les voitures garées sur le parking chacun se dépêcha dans l'idée de faire une promenade dans le village. L'aventure d'une baignade ravigotante paraissant pour la majorité du groupe prématurée.

De mon côté, je me dépêchais de décharger mon attirail de véliplanchiste, de descendre ma planche du toit de ma Renault Campus. Avec une certaine difficulté je tentais alors de monter ma voile, sous les yeux, amusés et moqueurs, de mon épouse. Elle s'était attardée quelques minutes avec son mari avant de rejoindre la joyeuse bande qui déjà s'égayait dans les boutiques avoisinantes.

Quand je fus prêt, serré dans ma combinaison bleue azur que j'avais pris une taille en dessous mais que je persistais à trouver confortable, vu le prix que je l'avais payée, fier et rempli d'une joie maritime qu'il est aisé de comprendre, je me dirigeais vers la mer. Je tirais péniblement sur le sable ma planche trop lourde et ma voile sous l'assaut d'un vent déjà impatient m'entraînait et me déséquilibrait avant même d'avoir atteint l'eau.

Enfin, à califourchon sur mon engin, et sans être ridicule car j'avais acquis une petite expérience, je me dressais sans tomber à l'eau. Je parvins à lever ma voile et à prendre le vent. Pour un coup d'essai c'était un coup de maître. Je pris la direction de la presqu'île, celle du Phare Arenella, qui fait le pendant à la jetée du port de pêche, de l'autre côté de la baie.

Arc-bouté, les pieds bien posés, en bon équilibre, je sentais la force de la traction de la voile qui ébranlait mon wishbone. Les muscles de mes bras et des mes jambes étaient tendus dans un violent effort. Sûr de moi, je jetais un coup d'œil derrière mon épaule. Je constatais que mon départ était passé complètement inaperçu. Ma femme avait rejoint ses amis.Il était évident que de toute la bande, j'étais le seul à détenir ce goût prononcé pour la planche. Solitaire dans cette discipline, je risquais de l'être jusqu'à la fin de la journée.

J'oubliais donc ma chère épouse pour me livrer entièrement au plaisir. J'éprouvais d'excellentes sensations. Mon corps était en harmonie avec le vent, avec l'eau. Il me semblait que je faisais partie intégrante de l'élément qui ondulait sous mes pieds. En équilibre sur la planche en polyester, accroché à ma voile nylon gonflée d'air marin, entraîné à très grande vitesse vers le large, je me grisais de sensations fortes, en équilibre sur les vagues qui se gonflaient, qui se creusaient au grès de la houle et des rafales de la Tramontane, ce vent qui déferle si souvent sur ce littoral catalan. Quand sous la poussée d'une rafale rageuse je me tendais au ras de la vague qui défilait sous mes épaules, il arrivait alors que ma nuque touche l'eau. Mes cheveux longs se mouillaient et me tombaient l'instant d'après devant les yeux. Je regrettais alors de ne pas les avoir coupés pour pratiquer ce sport. Mais c'était le pied !

Lorsque je prenais le vent arrière la force vertigineuse qui me poussait commençait à me griser sérieusement. Je manœuvrais, je faisais des allers et retours, sans fatigue, sans faillir, tombant rarement. J'étais au sommet de mes possibilités physiques et techniques. Le vent, bon compagnon, soufflait dans ma voile pour mon seul plaisir. Il me ballottait à gauche, à droite, de long en large, sur le haut ou dans le creux des vagues, dans l'écume, avec pour musique le sifflement des cordes, les claquements et les frémissements de la voile.

Peu à peu, le vent augmenta avec une force de plus en plus virevoltante et folle. La mer moutonna, les vagues grandirent et je ne m'en aperçus pas. Je ne sentais pas encore la fatigue mais je tombais de plus en plus souvent . Loin de m'en inquiéter, je m'acharnais à me relever, à repartir. Éole montra à la fin qu'il était tout puissant en ce lieu. Il décida de me punir, moi qui par manque d'humilité, par inconscience n'avait pas vu la montée en force de sa colère. Il fit en sorte, ce vilain, ce sournois, de me jouer un sale tour à sa façon.

Il souffla avec plus de force. Il me fit perdre l'équilibre. Mon wishbone qui était déficient se cassa juste à ce moment crucial. Maugréant, à cheval sur la planche, je contemplais le désastre. Ma voile couchée sur l'eau, alimentée de soubresauts, dessinait une pitoyable tâche rouge sur le bleu nuit de la mer

Je m'essuyais l'eau qui dégoulinait sur le visage. Je tentais de réparer les dégâts. Peu bricoleur en temps ordinaire, manquant d'astuce, là où un autre aurait trouvé la solution en un rien de temps, je restais inerte, figé, incapable de raisonner.

J'essayais d'évaluer la situation… En ce jour de Pâques il y avait peu de bateau dehors. Les quelques véliplanchistes qui au avaient navigué à mes côtés, avaient entendu l'avertissement de la Tramontane. Ils avaient sagement réintégré la plage.

J'étais donc seul, isolé sur la mer chahuteuse. Curieusement, je ne me faisais pas encore de souci. A ma gauche j'apercevais la jetée à quelques centaines de mètres et sa présence me rassura. J'entrepris alors de libérer ma voile du mat afin de la fixer à l'arrière de la planche. Je m'attachais aussi puis je plongeais héroïquement dans l'eau dans le fol espoir de m'en sortir à la nage. En tirant derrière moi mon attirail car il n'était nullement question que je l'abandonne aux caprices du temps. Je savais aussi que je ne devais en aucun cas m'éloigner de mon frêle esquif si les choses se gâtaient davantage.

Je m'épuisais très vite. Ce plan ne valait rien. Je n'avais aucune chance contre ce satané courant. Le froid commençait à mordre. Le ciel s'était couvert de nuages sombres et l'on ne voyait déjà plus le soleil. Heureusement, ma combinaison me protégeait. La peur doucement s'installa dans mes pensées de plus en plus pessimistes.

Quand je compris que je dérivais vers le large, poussé par ce terrible vent de terre, encerclé de vagues sinistres, hurlantes et démontées, et que bientôt la côte se perdrait dans la brume, la panique me submergea. Avec l'aveuglement que l'on a dans ces cas-là j'entrevis alors que j'allais mourir.

Cela faisait maintenant plusieurs heures que je m'éloignais de la terre…

Les rares bateaux que j'avais aperçus semblaient à chaque fois prendre ma direction. Mais toujours, à mon grand désespoir, ils changeaient de cap au dernier moment. Puis ils disparaissaient. En réalité, aucun ne m'avaient vu, malgré ce putain de mat que je tenais dressé autant que je le pouvais. Je m'étais accroché à l'idée que ce trait noir, dressé sur le clair de l'horizon, pouvait éveiller la curiosité de quelqu'un.

Je criais, je hurlais des appels au secours, je m'époumonais. Mais en vain ! La côte s'éloignait inexorablement. Seul l'écho du gros temps me répondait. A la fin, épuisé, allongé sur ma planche, le regard tourné vers le ciel que j'accusais de tout mon malheur, une idée saugrenue, un souvenir remonté du fond de mon enfance, ralluma l'étincelle qui me sauva. Elle m'évita de sombrer dans un abandon qui aurait pu me devenir fatal.

Ce souvenir peut paraître profondément ridicule mais ce jour-là, sur cette mer démontée, haineuse à mon égard, cette image me donna le courage nécessaire pour affronter ma peur, mon angoisse de mourir. Étendu sur ma planche dont la couleur se confondait avec l'écume des vagues déferlantes, je me revis gamin, lisant les aventures de Tintin. Notamment celle où notre héros est précipité par dessus bord d'un cargo à l'intérieur d'un cercueil en bois. Dans la bande dessinée, cette histoire sortie de l'imaginaire d'Hergé, les personnages dans leur boite flottante dérivent mais ne coulent pas malgré les requins et la hauteur des vagues. Et bien sûr, Tintin sort indemne de ce mauvais pas et s'en retourne aussitôt vers d'autres aventures…

Pauvre naufragé, perdu au large du Cap Creus, je m'accrochais à cette idée. Puisque le petit reporter belge s'en était sorti, il n'y avait pas de raison pour que je n'en fasse pas autant.

Les quelques mouettes qui tournoyaient depuis un long moment au-dessus de moi, dont la curiosité avait été éveillée par ce pantin qui gesticulait lamentablement, s'éloignèrent soudain effrayées par le rire hystérique, déjanté, qu'elle entendirent monter vers elles. Lié à cette vieille lecture d'une simple bande dessinée, je réussis à me calmer et pris mon mal en patience. Je grelottais... J'étais épuisé…

C'est pour cette raison que je n'entendis pas le seul bateau qui m'avait vu et qui se dirigeait vers moi dans mon dos. Depuis un moment, j'entendais un sifflement aigu et persistant. Mais mon cerveau prostré, choqué, croyait seulement entendre le vent qui jouait avec le mat que je tenais toujours obstinément dressé. Ce sifflement c'était celui d'un sifflet. Celui du pilote d'un yacht qui manœuvrait pour m'atteindre.

Sauvé, j'étais sauvé. Ce couple élégant, catalan, me fit monter à bord et me donna une serviette pour m'essuyer, me couvrir les épaules. L'homme eut la bonne idée d'accrocher ma planche à l'arrière de son bateau et sans plus attendre me ramena au port.

Mon arrivée, et comme mon départ, passa encore inaperçu. Tant bien que mal, je rangeais le matériel dans le coffre de la voiture. Écœure, je laissais la planche sur la promenade, et la tignasse ébouriffée, transi de froid, le teint livide, blafard, les membres raides et rempli d'une peur rétrospective, je me mis en quête de mon épouse et de mes amis.

Je les retrouvais, attablés à l'heure espagnole autour des restes d'une paella dans un restaurant, en joyeuse ripaille. Dès qu'ils me virent, ils s'exclamèrent. Ils s'amusèrent de ma dégaine, se moquant gentiment de mon air idiot, effaré. Ils me demandèrent où j'étais passé durant ces dernières heures.

Et ma douce compagne, radieuse, croyant faire une aimable plaisanterie, profita alors de cet instant inoubliable pour dire cette phrase qui est restée accrochée au mur de la postérité familiale :

- Alors, mon chéri, tu étais encore dans une crique avec des allemandes !

Je m'assis... Sans un mot, car je ne pouvais plus parler, je pris l'assiette que l'on me tendait. Je me mis à mastiquer avec une certaine difficulté ce bout de calamar noyé dans un riz orange et froid. Ce pauvre calamar qui venait du même endroit que moi mais qui n'avait pas eu la chance d'avoir lu dans sa jeunesse les aventures de Tintin.

Sur le pont des Catalans

Le ciel était bassement tourmenté par des nuages déchirés de rouge. Le soleil déclinait derrière les toits de la ville écrasée par la chaleur de la journée. Ce jour-là il avait fait particulièrement chaud à Toulouse. Une de ces chaleurs qui vous étouffe et qui vous fait regretter l'hiver.

Je marchais pesamment dans mes pensées vagabondes. J'étais sur le pont des Catalans. Je n'avais pas sur moi mes lunettes de soleil et les rayons de l'astre rougeoyant qui dardaient à travers les nuages, m'obligeaient à garder le regard rivé sur le béton du trottoir. C'est pour cette raison-là que je ne fis qu'entrevoir la silhouette, debout, pantin figé, en équilibre sur la rambarde en fer.

Dans la seconde qui suivit, les yeux à nouveau scotchés sur le bout de mes chaussures, mon cerveau qui fonctionnait avec une handicap due à la chaleur, se rappela alors, mais avec un certain retard, qu'il avait décrypté une forme humaine à un endroit inhabituel. C'est ainsi qu'il donna, la seconde après, l'ordre à ma tête de se redresser, et à mes yeux de pointer dans ladite direction.

Étonnement.

Sur le garde-corps, il n'y avait plus personne. Je restais là, seul, immobile, pétrifié dans une posture incrédule. Avais-je eu une hallucination ? Cette ombre que j'avais aperçue appartenait-elle à un fantôme ?

Sur le pont il n'y avait pas un souffle de vent. Des voitures passaient à vive allure, pressées de rejoindre leur destination. Je m'approchais et posais la main à l'endroit même où j'avais eu cette vision. La pierre était brûlante et je la retirais aussitôt.

Sous le pont, le fleuve Garonne roulait un flot tranquille, un flot estival, dans un débit presque sans courant. Perplexe, je me penchais par-dessus le parapet et scrutais l'eau bleue et verte. A cet endroit, le pont était d'une hauteur surprenante et je ne vis rien d'anormal. Cependant, dans mon subconscient se réveillait une idée qui était une évidence. Ce n'était pas un fantôme que j'avais vu, mais un homme ou peut-être une femme, quelqu'un qui pour une raison qui lui appartenait s'était retrouvé debout sur le parapet et qui un instant plus tard n'y était plus... Cette personne avait plongé ou plutôt sauté dans l'eau profonde de la Garonne.

Je n'étais sûr de rien.

Pourtant, si poussé par un désespoir profond, cet inconnu, une homme ou une femme, avait décidé d'en finir avec la vie, au risque de me mêler d'une affaire qui ne me regardait pas, je devais, ne serait-ce que par devoir, lui porter secours. Mais n'avais-je pas rêvé ? J'étais tout seul, hormis les voitures. Je ne savais que faire. Me jeter à mon tour dans la Garonne, et d'une telle hauteur, était-ce là l'unique solution ?

Mais plus je réfléchissais, plus le temps passait et paralysait ma décision.

Enfin, après des hésitations que je trouvais interminables par la particularité que possède le temps de s'étirer, je me précipitais rapidement vers l'escalier pour atteindre la berge. A l'ombre de l'arche résonnante, livré à mon interrogation et décidé à lever le doute, je m'aventurais dans la Garonne tout habillé. En raison de la sécheresse de ce mois d'août, le niveau de l'eau était bas, au point d'avoir pied, ce dont je n'avais pas pu juger du haut du pont.

Si une personne se trouvait là il était urgent de m'activer. Mon attitude prudente se transforma en une autre plus déterminée. Mais c'était sans compter avec dame Garonne. L'eau m'arrivait à mi-jambe. Soudain, mes pieds de citadin perdirent leur assise. Les galets qui tapissaient le fond étaient couverts d'une mousse glissante. Dans un plouf sonore, l'apprenti sauveteur que j'étais perdit l'équilibre et fut enseveli par l'eau.

Ce bain improvisé décupla ma rage. Par la force des choses, je me mis à nager dans ce peu de profondeur pour atteindre l'endroit où, d'après moi, devait se trouver la malheureuse victime.

En quelques brasses énergiques, avec un goût de rivière dans la bouche, j'arrivais sur la zone. L'eau en cet endroit était limpide. Malgré mon émoi qui paralysait mon efficacité de nageur, je parvins à repérer une jambe blanche, puis une seconde repliée sous un corps habillé de rouge, dont les contours déformés par l'eau semblait l'esquisse d'un tableau tragique.

Je plongeais aussitôt la main et agrippais la cheville de cette jambe lisse, inerte, lourde qui pesait, me semblait-il, un poids énorme. Je la tirais, sans même réfléchir, d'un geste sec, sans ménagement, attisé par la peur et le souci d'agir vite.
Je la contemplais horrifié.
Malgré l'impression d'étouffement qui m'oppressait, malgré le bourdonnement d'un escadron de mouches autour de moi, dans le courant tourbillonnant devenu subitement glacé, l'immensité du pont qui m'écrasait, je brandissais la jambe de ce corps qui restait accroché au fond de l'eau.
Le hasard me fit lever les yeux et je vis une tête qui se penchait par dessus le parapet du pont et qui me fixait.

Le temps devint immobile.
Je scrutais cette image d'homme qui me contemplait avec cette jambe… Vision surréaliste… Puis, je hurlais à l'aide et la tête disparût. Je l'oubliais et m'acharnais encore à soulever le corps toujours prisonnier des flots.

C'était une jeune femme avec de longs cheveux noirs. Ses yeux étaient fermés. Elle saignait abondamment. Une blessure au front inondait son visage blanc. Le sang gouttait. Il se diluait instantanément dans le fil de l'eau. Sa robe rouge retroussée jusqu'au nombril dévoilait une culotte blanche qui collait à son intimité. Elle avait perdu une chaussure, l'autre par un caprice du sort était restée attachée à la jambe tordue, fracassée.

Avec toute l'énergie dont j'étais capable, je la juchais sur mon dos. Péniblement, je parvins à rejoindre le bord, le corps plié sous le poids de ce fardeau féminin.

J'étendis avec précaution ma jeune et délicate victime sur le quai étroit et j'entrepris de pratiquer, sans attendre, ce bouche à bouche, ce baiser pour ainsi dire de la dernière chance, tant je redoutais qu'elle ne soit morte, tant je craignais d'avoir trop attendu pour la secourir.

Je m'efforçais à la réanimer en éprouvant cependant les affres d'un remord qui commençait à se manifester car j'estimais que je n'avais pas agi assez vite. A genoux, penché au-dessus de sa tête que je tenais renversée en arrière, dégoulinant, haletant, livré entièrement à mon sauvetage, concentré, me remémorant les gestes indispensables à cette pratique, je me rendis compte que la tête du haut du parapet m'avait rejoint.

C'était un garçon d'une vingtaine d'années et qui ne cessait de répéter le prénom d'Angélique.

Toujours penché sur la jeune noyée, je me relevais le temps de reprendre haleine. Ce jeune homme qui pleurait, qui tenait la main inerte de la jeune fille, ne cessait de prononcer le prénom d'Angélique dans une prière adressée à une espèce de dieu qui, semblait-il, n'avait rien à fiche d'une pauvre suicidée.

Puis le miracle eut lieu.

Je sentis la vie revenir. La poitrine se souleva, le corps se remit à frémir.

Au même moment, j'entendis au-dessus de nous, une sirène et je vis un casque rutilant d'un éclat argenté se pencher au-dessus du vide. Je me relevais épuisé et demandais au jeune homme de s'occuper de la jeune femme qui reprenait ses esprits.

Puis je filais comme un voleur le long de la berge. Dans un dernier coup d'œil, j'entrevis deux pompiers descendre le long de la digue vers ce couple qui venait de se retrouver. Peut-être seulement pour un jour ou peut être pour la vie… J'étais rassuré et je pouvais m'éclipser.

Je ne voulais pas connaître les raisons de ce geste. La réalité du quotidien sordide qui avait poussé un être si beau à se détruire me prenait soudainement à la gorge. Je faillis en pleurer. Mon émotion était grande. Je fuyais car je désirais ardemment que leur histoire soit belle. Je voulais leur inventer une fin auréolée d'espoir pour alimenter mes rêveries quand, je repasserai le pont, plus tard, les yeux collés sur mes souliers, loup solitaire, fatigué, cherchant désespérément dans chaque instant de cette vie qui nous écrase, la moindre parcelle d'humanité, de beauté, et d'amour.

L'hôtel d'Assezat

Elle était divorcée depuis un an. Ses enfants, Maxime et Paule, terminaient leurs études. Bientôt, elle allait se retrouver seule dans son appartement rue Malcousinat. Ses gosses n'étaient pas là. Max travaillait à Saint Antonin Noble Val comme moniteur de colonie de vacances et Paule avait rejoint son père à Saint-Malo. Elle était seule pour la première fois depuis longtemps.

Ce matin-là, jour de soldes, le rideau des boutiques tardaient à libérer leurs vitrines dégoulinantes d'articles. Elle était partie trop tôt. Les magasins n'ouvrant qu'à dix heures, elle s'était retrouvée coupée net dans son élan. Ayant à patienter elle ne savait plus où porter ses pas.
En ce début de juillet la journée s'annonçait étouffante. Mais l'air était respirable quand on se tenait à l'ombre. Des touristes, reconnaissables à leurs appareils photos plantés sur le ventre, déambulaient en short à la recherche d'une rareté architecturale.

Ce fut au coin des Nouvelles Galeries qu'elle le vit.
Un bel homme d'une quarantaine d'années, brun, les cheveux frisés, un air italien affiché sur sa chemisette noire, entrouverte, un pantalon en lin, tire-bouchonné sur des chaussures ajourées qui découvraient des pieds soigneusement entretenus.
D'habitude, ce sont plutôt les hommes qui sont tentés de suivre les femmes. De l'autre côté de la rue, elle s'était arrêtée. Allez donc savoir ce qui la traversa ? Lorsqu'il partit en sens inverse, elle fit demi-tour, et négligemment, lui emboîta le pas.

L'homme n'avait pas l'air pressé. Il prenait le temps de détailler chaque vitrine de prêt-à-porter féminin. A ne pas en douter, il cherchait un cadeau pour sa femme ou sa petite amie. Toutefois, elle se tint à distance. N'ayant rien d'autre à faire, elle l'observa avec attention.

Son côté italien lui rappelait son ex-mari. Il n'était pas étonnant qu'elle se soit bloquée sur lui... Son salaud de mari qui après vingt ans de mariage l'avait larguée pour une jeunette de vingt-huit ans qui lui avait fait un môme. Elle avait toujours fermé les yeux sur les nombreuses aventures sentimentales de son beau macho. Trop longtemps elle avait cru que c'était le prix à payer pour conserver son bel étalon. Elle savait que la cinquantaine bien mise de son tendre et cher était parée par cette fragilité que possèdent la plupart des hommes à cet âge-là. Elle se croyait à l'abri. Et elle avait laissé son chien de mari courir à sa guise durant ces années.

Mais qu'une idiote de près de vingt ans sa cadette le choisisse comme géniteur sous prétexte qu'elle était amoureuse, et de ficher en l'air, par-là même, leur ménage, jamais elle ne l'aurait imaginé. Les carrefours de la vie sont souvent déroutants. Rien n'est jamais acquis. Son erreur avait été de l'oublier.

Elle se souvenait de leur voyage de noces à Venise. Un voyage romantique de fauchés... L'hôtel de rêve avait été remplacé par un camping envahi par des milliers de moustiques. La marche à pied avait été leur lot quotidien n'ayant pas eu assez de sous pour les traditionnelles gondoles qui passaient sous leur nez.

Ils avaient visité le grand canal, la place Saint-Marc, le palais ducal, le fameux pont des Soupirs, pressés de se débarrasser du menu touristique de base, pour se perdre enfin avec délectation, dans les vieux quartiers où s'entremêlaient la crasse, la beauté, la poésie, les trottoirs souillés et la musique des conversations, accompagnée par le sondes casseroles à l'heure des repas et les cris des enfants mêlés aux commentaires d'une télé déchaînée.

Le quartier de Burano avec ses pêcheurs, ses dentellières et ses peintres, les avait attachés particulièrement.

Ils avaient trouvé un coin sympathique pour pique-niquer. Avec leurs pizzas posées sur leur genoux et leur bouteille de Coca-cola ils avaient, pour ainsi dire, mastiqué leur bonheur d'être là, de vivre ce moment-là.

Un après-midi, las d'arpenter les rues, ils avaient fait une halte sur les marches d'une église inconnue, sur une place inconnue près d'un canal inconnu.

Lors de ce voyage elle se souvenait avec émotion qu'elle avait été particulièrement heureuse. Son bel italien l'avait épousée la semaine précédente dans la célèbre salle des Illustres place du Capitole et sur cette place inconnue il l'avait serrée contre son cœur et lui avait promis un avenir doré.

Elle avait pris une photo : l'église, la place, le canal, son mari minuscule au pied du porche.

Puis il y avait eu le retour à Toulouse.

Les photos avaient été développées, regardées, commentées, classées puis ensuite oubliées…

Perdue dans ses pensées, elle avait suivi l'inconnu.

Ils étaient arrivés au croisement de la rue de Metz et de la rue Alsace Lorraine et venaient de tourner vers la place Esquirol. Il s'était retourné une fois et elle avait surpris son regard étonné se poser sur sa silhouette ridicule, arrêtée sur le trottoir.

Ostensiblement, il l'avait dévisagée. Puis, avec son insolence latine et masculine il avait repris sa marche.

Devant l'hôtel Assezat, ce fleuron reconverti en musée, elle le vit hésiter, puis pénétrer à l'intérieur de la cour baignée encore d'un peu de fraîcheur. Elle s'était approchée et elle avait lu à son tour sur la pancarte : « Fondation Bamberg : ouverture du musée à dix heures ». A sa montre il était moins dix.

Elle ne s'était pas méfiée. Et lorsqu'il ressortit de l'hôtel, elle n'avait eu que le temps de se détourner, de fuir de l'autre côté de la rue. Elle avait senti son regard peser lourdement sur son dos. Réfugiée dans une honteuse rougeur, elle s'était précipitée vers le pont Neuf. Tremblante, appuyée contre le parapet elle s'était plongée dans une fausse contemplation de la Garonne, n'osant pas, bien sûr, regarder dans sa direction.

L'avait-il suivie ? Elle l'ignorait et redoutait de le savoir. Elle était donc restée là, sous le soleil. Perdue dans l'eau verte qui coulait paisiblement elle s'était remémorée un autre chapitre de sa vie, lié à ce beau voyage qui lui apparaissait aujourd'hui si lointain.

Elle se revit un dimanche matin, place Saint-Sernin, une dizaine d'années auparavant, avec ses deux bambins accrochés à ses basques, devant un bouquiniste de ces puces qu'elle aimait tant. Pendant que son apollon s'évertuait à briser sa graisse, penché sur son guidon, le long du canal du Midi, avec sa Claudine, une autre sportive. C'était l'époque où elle avait fermé les yeux.
Cette fois-là, sous un amoncellement de journaux, elle avait déniché une grande revue poussiéreuse d'un peintre italien dont elle n'avait jamais entendu parler. Elle chercha à se remémorer son nom mais il n'y parvint pas. En réalité, à part Salvador Dali ou Picasso, sa culture en ce domaine était restée limitée. Elle avais feuilleté cette revue et elle l'avait reposée quand une page s'était ouverte. Pourquoi cette page ? Pourquoi elle ? Devant la reproduction d'un tableau magnifique elle était restée frappée de surprise. Cette œuvre était la réplique exacte de sa fameuse photo de cette église inconnue, sur cette place inconnue au bord de ce canal inconnu. Le paysage était resté identique malgré le temps écoulé. A l'exception des personnages, des embarcations sur le canal, rien n'avait pratiquement changé.

Elle avait été subjuguée. Ce tableau l'avait renvoyée dix ans en arrière, vers un voyage de noces oublié, vers des espoirs perdus, vers un mari charmeur qui la trompait. Ce jour-là, elle s'était sentie enfermée dans le piège de sentiments contradictoires. La revue dans sa main, bousculée par la foule des badauds qui se déversait entre les allées de ce fichu bric-à-brac, elle avait failli pleurer. Elle l'avait achetée puis ils étaient rentrés à la maison. La revue aussi, avait été regardée, commentée, rangée puis oubliée.

Revenue de ses pensée, elle constata que le bel italien avait disparu. Elle se préparait à quitter les lieux quand celui-ci refit son apparition. Il était rentré dans un café proche et se dirigeait à nouveau vers Assezat. Elle se rapprocha davantage, craignant de le perdre encore. Sous le porche de l'hôtel, il se planta dans la lumière, fit demi-tour sur lui-même, par provocation sans nul doute à son égard, et regarda pesamment si elle était toujours là. Ils étaient éloignés, mais il eut été à deux mètres, l'effet sur elle aurait été le même. Son cœur battait la chamade. Quelle idiote faisait-elle !

Il semblait l'attendre.

Puis comme à regret, il entra et elle ne le vit plus. Elle était au pied du mur. Si elle le suivait à l'intérieur du musée elle était certaine qu'il l'accosterait. Un homme si vous le regardez trop, il vous drague où il s'en va… Celui-là, quelque chose lui disait qu'il n'était pas du style à déguerpir.

Mais avait-elle envie réellement de cela ? Pour être honnête la réponse était oui. Pourtant elle pouvait stopper ce jeu stupide, et repartir vers le Pont Neuf ou rentrer chez elle, tout près d'ici, et le laisser seul à sa visite. Quant aux soldes cela ne l'intéressait plus. Il suffisait d'être courageuse et d'aller jusqu'au fond de sa pulsion.

Elle traversa la rue et acheta un billet. Le musée était désert. Il n'y avait aucun touriste, pas le moindre toulousain. Excepté la jeune fille au guichet et le gardien qui prit son billet à l'entrée de la première salle.

Il existe des rendez-vous qui obéissent à des lois incertaines, mystérieuses et rares. Le silence de cette salle l'anesthésia. Elle crut défaillir, elle se sentit subitement hypnotisée. Une main sur sa bouche qui manquait d'air, l'autre sur son sein qui cognait sous le chemisier, elle chercha du regard un siège mais il n'y en avait qu'un seul et il était occupé par le gardien. Plongé dans sa lecture quotidienne il ne lui prêtait aucune attention. Elle était là, dressée devant un tableau et elle était incapable de bouger.

Cette église inconnue, de cette place inconnue près de ce canal inconnu étai là. Sa photo, son cher tableau, l'original était dans sa ville, à quelques centaines de mètres de son appartement, depuis des années et elle l'ignorait

Quel obscur cheminement cette toile de maître avait-elle suivi pour parvenir jusqu'ici ? Pourquoi ces rendez-vous ? Pourquoi aussi ce paysage ? Pourquoi cette photo ? Pourquoi ce peintre ? Elle se pencha et lut : Canaletto. Ce peintre qu'elle avait oublié rejaillit avec limpidité de sa mémoire. Elle s'approcha encore de ce chef d'œuvre et se haussa sur la pointe des pieds pour en observer les détails. Elle était plongée dans son émerveillement quand une voix annonça :

- C'est là que je suis né. Derrière l'église Santi Giovanni e Paolo…

Elle pivota calmement.

Le regard méditerranéen de l'italien la pénétra. Dans la seconde qui suivit, elle sut pourquoi Canaletto avait peint ce tableau. Il ne l'avait pas peint pour une commande quelconque. Il l'avait peint pour elle. Il l'avait peint pour lui aussi. Les siècles ayant passé, afin que ces deux êtres se rencontrent. Pour que ces deux êtres apprennent à s'aimer. Pour recommencer une autre vie. Et pour qu'elle puisse revenir un jour à Venise, devant cette église, sur cette place, près de ce canal.

Une nuit place des Carmes

Fleur se réveilla dans son premier sommeil. Elle s'assit dans son lit et dressa l'oreille. La fenêtre de sa chambre n'avait pas de double vitrage. Le brouhaha de la ville lui parvenait nettement. C'était le vingt-six octobre... La fenêtre, nichée sous les toits, plongeait sur le parking des Carmes. Cette hideuse construction en béton était hantée par les miaulements des pneus martyrisés et souillée par des odeurs nauséabondes.

Le « Diagonale » était encore ouvert. Les assoiffés de bière et de tequila frappée organisaient encore le folklore nocturne de la place. Quelques-uns, dans des exclamations à bons marchés, des rendez-vous à ne jamais se retrouver, dans des claquements de portières, des paroles, des cris qui pétaient dans la nuit, dans des engueulades d'ivrognes, discutaillaient à n'en plus finir pour savoir s'ils devaient porter leur soûlographie vers d'autres lieux plus branchés.

Un clochard qu'elle reconnut au son de sa voix particulière et qui dormait sous une des entrées du marché, à même un carton, s'était mis à brailler contre ces jeunes qui « foutaient le bordel ! ». Ce SDF était connu sous le sobriquet du « général ». Mais ce n'était pas ce vacarme-là qui avait réveillé Fleur. Depuis trois ans qu'elle logeait dans cet appartement, avec son amie Mathilde, elle s'était habituée à ces envolées verbales et à ce remue-ménage particulièrement prononcé lors des week-ends. Non ! C'était autre chose… Ce n'était pas non plus un rêve. C'était des voix. Mais pas celles des jeunes qui faisaient la fête devant le bar ! C'était comme une foule qui hurlait, qui menaçait.

Elle se leva et enfila une robe de chambre car elle dormait dans le plus simple appareil. Elle descendit pieds nus au rez-de-chaussée de l'immense duplex. Sa bouche était pâteuse. Dans la cuisine elle ouvrit le frigo et s'empara d'une bouteille. C'était du Pulco au citron qu'elle avait préparé la veille. Elle but une longue rasade à même le goulot puis remonta dans sa chambre en faisant craquer les vieilles marches de l'escalier. Mathilde dormait dans une chambre voisine. Le tumulte de la rue n'était pas son problème car elle était sourde. Fleur ouvrit la fenêtre, respira un souffle d'air frais venu de nulle part et se pencha. Cinq étages plus bas, la place était en effervescence.

Elle reconnut le « général » appuyé contre une voiture garée sur le trottoir côté bâtiment. Il était facilement reconnaissable. Il arborait une tenue bizarre, une sorte de jaquette grise, avec des épaulettes dorées qu'il avait, semble-t-il, cousues à même le tissu. Il paraissait sortir tout droit de chez un antiquaire pour un bal masqué. Sauf que cet uniforme militaire d'un autre siècle il le portait tous les jours.

Malgré la saleté repoussante, les accrocs dont se paraît cet habit, il en émanait quelque chose de mystérieux. Ajouté à cet accoutrement démodé, un vieux bicorne cabossé, frappé d'une fleur de lys et qui avait perdu ses plumes, avec dessous un visage creusé, ravagé, des yeux étincelants, une voix de ténor déchu et l'on comprenait pourquoi Fleur était impressionnée quand elle croisait ce pittoresque personnage.

Elle l'apercevait souvent dans la journée, ivre, bougonnant des propos complètement incohérents. Elle en éprouvait une crainte légitime où se mêlait aussi un sentiment de pitié, lié à cette déchéance humaine difficile à supporter. Elle évitait de passer à côté de lui depuis le jour où elle l'avait vu vomir ses entrailles sur les pieds d'un passant innocent. Le voir ainsi, gesticulant, apostrophant ces jeunes qui se fichaient ouvertement de lui, cela réveilla son sentiment de sollicitude envers ce pauvre déchet, produit de cette société de consommation dont elle était adversaire fervente depuis qu'elle votait pour les « Verts ».

Le « général », titubant, retourna dans sa tanière, fouilla sous ses hardes accumulées dans un coin obscur, humide, qui puait l'urine et se retourna victorieux, habillé d'une grande colère, mais surtout brandissant un sabre étincelant. Malgré la hauteur des étages, Fleur avait perçu la plainte de la lame qui avait rechigné pour s'extraire du fourreau.

Avec cette arme redoutable, magnifique, mais si incongrue dans cette main d'ivrogne qui tremblait de rage, sous la clarté du lampadaire, il était l'image d'un personnage authentique qui aurait traversé le mur de l'histoire. Il se mit à hurler. Sa voix résonna contre les murs du parking avec une force particulière.

- Baqué… Commère… Girou… Espèces de salauds ! Vous ne m'aurez pas une deuxième fois.

Puis, il se précipita avec l'insouciance des poivrots vers un groupe de buveurs qui se tenaient à l'écart.

- Je n'ai pas peur de vous gredins… Allez le dire à Savy Gardeilh !

Fleur vit la bagarre s'engager.

Elle aperçut du haut de son perchoir le général qui fendait l'air avec son sabre. Mais la précision de ses gestes, entravée par son état d'ébriété, laissait fortement à désirer. Par contre les buveurs étaient dans la force de l'âge. Ils contrastaient avec la faune habituelle qui fréquentait ce lieu à la mode. Ils n'étaient pas imbibés non plus comme le clochard qui se réfugiait depuis des années dans sa bouteille de gros rouge à deux euros. Bouteille qu'il achetait aux Carmes à « La vigne de Bacchus », avec ses compagnons de trottoir.

Bientôt Fleur ne vit plus que son bicorne au-dessus de la mêlée. Le sabre avait disparu, tombé par terre. Seuls les cris de colère du « général » couvraient ceux des assaillants qui l'avait encerclé. Les coups pleuvaient sur le vieux soldat.

Rapidement, Fleur reçut les dernières insultes, l'ultime cri du bonhomme épuisé, comme un appel au secours. Ensuite il y eut un dernier hurlement sorti du fond de sa gorge à hérisser les cheveux. Les hommes redoublèrent de force, de brutalité. A l'annonce de l'un d'eux, ils détalèrent comme des lapins. Mais se ravisant promptement, ils revinrent aussitôt sur leurs pas, octroyèrent des coups de pieds supplémentaires au corps inerte, étendu sur le trottoir. Enfin, leur haine assouvie, ils poussèrent sans ménagement la porte du bar pour ne plus en ressortir.

Fleur, horrifiée, avait entendu la cacophonie de la salle se déverser sur le trottoir. Puis le calme était revenu sur la place. Personne n'était sorti pour prêter main-forte au clochard. Personne n'était sorti non plus pour s'occuper de cet homme blessé. La nuit poursuivait son rythme effréné, inquiétant, obscur, égoïste.

Fleur, penchée au rebord de sa fenêtre, ne parvenait plus à détacher son regard du « général ».

N'écoutant que sa conscience, elle s'habilla en vitesse et se précipita dans l'escalier de l'immeuble. Dehors, la température malgré la saison avancée, était encore étonnamment douce. Ce qui ne l'empêcha pas de frissonner.

La place était devenue curieusement silencieuse. Excepté les rares voitures qui déboulaient à vive allure rue du Languedoc profitant de l'impunité de la nuit.

Hésitante, Fleur poussa la porte qui donnait sur la rue et s'approcha. Le misérable s'était traîné sur le trottoir. Allongé dans le caniveau, il gémissait sporadiquement.

Avec stupéfaction, la jeune femme constata qu'il nageait dans son sang. Sur le ciment une trace rouge attestait du chemin sur lequel il avait rampé. Il avait reçu de toute évidence de sérieux coups de couteaux, voire du fameux sabre qu'on lui avait arraché brutalement pour le retourner contre lui. Les blessures semblaient profondes et maculaient son habit de grandes tâches sombres.

Elle crut défaillir mais puisa dans son petit courage pour se ressaisir. Le sabre gisait dans une flaque de sang. Avait-il réussi à atteindre un de ses agresseurs ? Elle en doutait. Le « général » avait ouvert les yeux et la fixait avec un regard exorbité qui la suppliait en une prière muette. Il essaya de parler mais ne proféra que de vulgaires onomatopées.

Rassemblant ses forces puisque personne ne se manifestait, et n'osant demander de l'aide dans le bar enfumé, plein à craquer, d'autant que la bande de voyous s'y était réfugiée, elle traîna le « général » avec difficulté jusqu'à l'intérieur de son immeuble.

Les occupants des appartements du premier étage ne s'étaient pas manifestés. Tout était silencieux. Ceux du second étaient partis en congé ou en week-end prolongé. Pour les autres elle ne savait pas. Mais Fleur réussit à tirer le blessé jusqu'au palier du premier étage. Elle sonna longuement à la première porte. En vain. Paniquée, elle tenta les autres sonnettes mais personne ne lui vint en aide. Elle comprit que ces bonnes gens dormaient ou feignaient de l'être. Désespérée, elle grimpa vite chez elle et appela la police. Elle indiqua son adresse, son nom, expliqua que les blessures paraissaient graves. On la rassura et on lui répondit qu'une équipe du SAMU partait sur le champ. Puis, elle grimpa dans sa chambre prendre une couverture dans son armoire pour couvrir la victime. Elle hésita devant la chambre de Mathilde mais renonça à la réveiller. Elle risquait de perdre du temps à lui expliquer. Fleur fit demi-tour et sautant les marches deux à deux, redescendit au premier étage.

Quand elle parvint sur le palier, où elle avait laissé le vieux, une vision horrible l'attendait. Le général avait été assailli une seconde fois. Les infâmes bandits étaient revenus. Ils s'étaient acharnés lâchement encore et encore. Le général avait le visage tuméfié, le crâne fendu, salement amoché. Plusieurs doigts avaient été sectionnés et le corps était taillladé en de multiples endroits. Une plaque de sang s'élargissait inexorablement sur le sol. Si sa première idée fut de remonter se réfugier chez elle, Fleur savait aussi qu'en pareille situation il convenait de faire certains gestes. Gestes qu'elle avait appris lors d'une séance de formation à la « Croix Rouge ». Elle constata qu'une plaie au ventre saignait abondamment. Elle enleva son pull, retira son tee-shirt, puis remis son pull. Elle roula le tee-shirt en boule et l'appuya fortement sur la plaie. Le tissu blanc s'imbiba, devint rouge mais l'écoulement stoppa. Le vieux gémissait mais il était incapable de communiquer. Les secours étaient prévenus. Elle n'avait plus rien d'autre à faire qu'attendre.

La police arriva sur ces entrefaites ainsi que les médecins. Le clochard respirait toujours par on ne sait quel miracle. Il fut rapidement embarqué vers l'hôpital Purpan.

Les visages graves des soigneurs n'avaient laissé échapper le moindre pronostic, ni trahi la moindre émotion. Une longue habitude de la misère humaine les habitait.

Les policiers avaient installé Fleur à l'avant d'une voiture. Pour qu'elle récupère et pour qu'elle ne soit pas dans leurs pattes durant les premières constatations. Un infirmier du Samu lui avait donné un produit pour se désinfecter les mains. L'OPJ, dépêché sur les lieux de l'agression, grimpa à l'arrière de la voiture et interrogea Fleur longuement. Il la convoqua pour le lendemain à l'Hôtel de Police, boulevard de l'Embouchure. Il avait demandé si elle était capable de reconnaître les agresseurs mais sa réponse l'avait déçu. Elle ne les avait aperçus que du haut de sa fenêtre. Des têtes sombres, des ombres, des bras et des mains blanches. Toutefois, elle avait répété sans hésiter les noms que le général avait prononcés. Elle était actrice. La mémoire des mots c'était sa partie.

Pendant ce temps le bar s'était vidé. Un à un les buveurs étaient partis. Certains traînaient autour des voitures de police et répondaient aux questions des policiers qui relevaient les identités. Ceux-là n'avaient pas fui, la curiosité ayant été la plus forte. Les coupables n'étaient plus là. D'ailleurs personne ne les connaissait. Deux, trois, voire même quatre ou cinq, toutes les affirmations divergeaient. Des têtes nouvelles, à entendre les serveurs. Des gars qui étaient venus pour écluser des bières avant de filer quand les sirènes s'étaient manifestées.

Les gyrophares clignotaient. La lumière bleuâtre répandait sur ces visages avides de sensations des airs d'assassins, des airs de sanguinaires.

Fleur se rappela son rêve qui l'avait tirée hors de son lit. Les cris de la foule qui hurlait, haineuse. Elle plia sous le coup d'une fatigue soudaine et voulut regagner son appartement. La porte de l'immeuble était déjà sécurisée par du plastique jaune. Elle demanda à passer pour remonter. Un policier de l'identité judiciaire, en combinaison blanche, lui prit la main et lui fit traverser l'espace de l'agression. Un second policier était à quatre pattes et photographiait le sol. Des sachets plastiques étaient posés à côté de lui. Fleur se rendit compte que le sabre n'était plus là. Mais après tout ce n'était pas son problème. L'avait-elle dit à ce lieutenant ? Elle s'en souvenait plus.

Le lendemain, elle fit sa déposition au même lieutenant qui l'avait déjà interrogée et rentra chez elle. Elle avait la migraine mais elle n'avait pas oublié de parler de ce sabre qu'elle avait vu et qui avait disparu.

Deux jours plus tard, en fin de soirée, un autre policier lui rendit visite. Il se présenta. C'était le commandant Costessec de la brigade criminelle de Toulouse. Il expliqua que le « général » avait succombé après une longue et pénible agonie. Il n'avait eu de cesse de prononcer des noms comme Anglaret, Doussonne, Carrière ou Joncquières. Il avait réclamé un certain docteur Flottard avant de lâcher son dernier soupir. Inutile de préciser qu'il n'y avait aucun docteur Flottard dans les environs.

- Qui étaient ces gens ?

Le commandant tenait une piste. Mais il était perplexe, très perplexe…

- Vous habitez bien au 41 place des Carmes, n'est-ce pas ?

- Oui, répondit-elle ne sachant où il voulait en venir.

- Alors, écoutez ceci Mademoiselle. Le 15 août 1815, le général Ramel qui était le gouverneur de la ville de Toulouse, sous le règne de Louis XVIII fut assassiné par la foule toulousaine en ces lieux même. Il habitait cet immeuble. Ce sont des royalistes dirigés par un certain Savy Gardeilh, qui ont été les acteurs de cette tuerie. Ces hommes, ces Verdets comme on les appelait à l'époque, se nommaient Baqué, Commère, Girou. Ce sont les noms que notre clochard a répétés tout au long de cette tragique soirée. Les mêmes noms. Nous avons fait vérifier bien entendu. Mais il y a plus étrange, ajouta le commandant.

- Quoi donc ?

- Votre « général » comme vous l'avez si bien baptisé est inconnu de nos services. En outre il n'avait aucun papier sur lui. Certaines empreintes n'ont pu être relevées puisqu'il lui manquait des doigts. Du moins les pouces et les majeurs. Par contre on a trouvé à l'intérieur de son habit de cirque, un nom brodé sur la doublure : Ramel Jean-Pierre. Nous avons montré ce vêtement à un tailleur qui bosse chez Gentry's place Rouaix. Cet artisan a soutenu que sa fabrication était très ancienne sans pouvoir préciser la date. De toute façon ce pauvre type devait toucher le RSA et nous aurons tôt fait de savoir son identité.

- C'est extraordinaire. Ainsi cet habit avait appartenu au général Ramel.

- Si l'on peut dire. Mais cela paraît invraisemblable. Ce pauvre vieux n'était quand même pas un fantôme ?

Il y eut un silence à peine troublé par le tintement des cuillères en argent qui faisaient des ronds dans les tasses de thé. Au dehors, à l'intérieur du parking, un klaxon répondit à un autre. Fleur rompit le silence la première :

- Que concluez-vous ?

- Rien ! Nous avons là que des coïncidences. Je ne vois que cela.

- Et pour les coupables ?

- Nous avons des noms à ne pas savoir qu'en faire. Mais ils appartiennent au passé. Les recherches se poursuivent. Enfin j'espère que nous aurons vite des résultats...

Ils bavardèrent encore puis le policier prit congé. Il longea l'immense couloir et ouvrit lui-même la porte d'entrée. Au dernier moment il se retourna et ajouta :

- Ah ! J'oubliais le plus fort. Vous savez quoi ? Ce Ramel, il avait une maîtresse, actrice comme vous. C'est rigolo, non ? Allez, bonne journée mademoiselle.

Le commandant ferma avec précaution la porte derrière lui. Il descendit en fulminant contre ces immeubles qui n'avaient pas d'ascenseur et alluma une cigarette lorsqu'il fut dehors. Il la fuma jusqu'au bout, à l'endroit même où le clochard était tombé la première fois. Puis il écrasa le mégot dans le caniveau. Il haussa les épaules et s'en alla par la rue Croix-Baragnon. Cette affaire était bizarre ! Il empoigna son téléphone portable et se planta devant une vitrine de bondieuseries. En lorgnant un crucifix en bois qui trônait parmi une ribambelle de saints en plâtre le commandant fit un numéro.

Cette nouvelle a inspiré le roman « Le clodo des Carmes »

La paire de chaussures rouges

Linette était une employée heureuse.

Elle travaillait avec application et beaucoup d'intelligence. Elle arrivait avant l'heure, se nourrissait d'un sandwich vite avalé, et repartait après dix-huit heures. Linette alimentait l'ambiance exceptionnelle du service technique où elle travaillait. Elle en favorisait la rentabilité tout en distribuant la bonne humeur autour d'elle.

Cette jeune société immobilière avait élu domicile en bordure du canal du Midi. En une dizaine d'années elle avait grignoté une importante part du marché régional Elle possédait une ribambelle de cousines qui appartenaient à la même personne. Cet homme d'une cinquantaine d'années avait le bras long pour avoir ses entrées à la mairie de Toulouse. Il avait constitué un holding qui regroupait bon nombre d'employés. Mais jamais trop dans une même société pour éviter les incontournables problèmes liés au syndicalisme, ce véritable cancer aux yeux de la plupart des faiseurs d'argent.

Linette était une femme d'une agréable trentaine, célibataire, grande, pas trop, mais assez pour gêner certains hommes, ceux qui ne supportaient pas d'être dépassé par la taille. Ceux-là même qui par le fait d'une éducation machiste estimaient que cela nuisait à l'ordre établi. Où l'homme doit rester le plus grand, le plus fort, le plus intelligent, avec surtout des salaires plus élevés, des postes à responsabilités dignes de son ego.

Linette vivait seule. Sa vie sentimentale qui se résumait en une peau de chagrin était alimentée, juste pour ne pas se tarir, par les films romantiques qui passaient à la télévision et par la lecture des romans de Barbara Cartland, Danielle Steel ou autres écrivaines anglo-saxonnes passées maîtres en l'art de manier les mots à l'eau de rose. Elle n'avait pas de chat, ni de poisson rouge ; elle n'avait jamais compensé aussi son manque d'affection par la présence d'un caniche blanc ou d'une autre bestiole ; elle fréquentait une poignée d'amies : des sportives, comme elle, qui l'accompagnaient l'hiver sur les pistes d'Ax les thermes ou du Pas de la Case et l'été à faire de la planche à voile.

Cheveux mi-longs, teinte en rousse, musclée du mollet, le souffle dégagé sur une belle poitrine de non fumeuse, elle arborait des tenues adéquates à sa condition de sportive. C'est à dire des pantalons en lycra, des tee-shirts en coton agrémentés de survêtements colorés avec capuchon rabattu. En été, elle mettait des bermudas et bien sûr des chaussures de sport, du dernier cri et hors de prix aux yeux des profanes. Des boucles d'oreilles, extravagantes, assorties à un maquillage vaporeux, ajoutaient une touche à sa féminité qu'elle revendiquait haut et clair.

Elle partageait son bureau depuis plusieurs années avec une assistante, plus âgée, pas sportive, qui fumait trop, et avec qui elle s'entendait à merveille. Chaque jour la pièce ronflait de dizaines de coups de téléphones, de dossiers en cours, de prises de décisions rapides pour palier à l'absence répétées des chefs qui se baladaient, on ne sait où. Il y avait aussi les engueulades avec les fournisseurs qui tiraient les pieds pour se rendre sur les chantiers en cours, enfin toutes sortes de choses relatives au fonctionnement d'une telle organisation.
A l'exception de quelques mauvaises humeurs passagères et légitimes, et malgré les différences de chacun, une trentaine de personnes se pliaient à ce dur labeur quotidien. Les salaires restaient modestes mais chacun faisait avec n'ayant guère le choix. Celui par contre de leur chef, nanti du titre glorieux de gérant, était plus confortable. Mais de ça aussi il fallait bien s'en accommoder. Tout allait bien !

Un jour d'octobre, à quatorze heures, tandis que la plupart de ses collègues finissaient leur cigarette, avant de se mettre enfin au boulot, le boss débarqua à l'improviste. Souvent entre deux voyages, entre sa belle villa sur les hauteurs de Jolimont et celle encore plus luxueuse sur la côte espagnole, il aimait quitter son bureau cossu du centre ville pour s'en aller visiter quelques-unes de ses sociétés. Pour respirer l'ambiance, voir si tout allait bien.

Il payait largement les gérants de ses sociétés dans ce but. Tel un monarque devant qui l'on déployait un tapis de pétales de roses, il ne constatait que ce qu'il désirait voir. Après tout, il était parti de rien. Il avait été plus malin que les autres. En réalité, il ne souhaitait rien d'autre afin de continuer à jouir pleinement de sa belle vie de patachon.

Mais ce jour-là, en début d'après-midi, le patron n'était pas seul. Il était accompagné d'un homme rondelet, de petite taille, la cinquantaine délabrée, qui avait un sourire ironique sur un visage rougeaud et dénonciateur de l'excellent repas que tous deux venaient de faire. Ils passèrent tranquillement d'un bureau à l'autre comme on visite une propriété que l'on va acheter. A l'immense surprise, le nouveau venu fut présenté en tant que nouvel adjoint au gérant. Le chef des travaux, un jeune loup aux dents longues qui se croyait le seul sur ce poste fut le premier à accuser le coup. A les voir se tutoyer ainsi devant tout le monde, le pauvre gars se fit la réflexion qu'il ne faisait aucun doute que ce futur collaborateur était un ami intime du patron. Et que dorénavant, l'avenir ne serait plus le même pour lui.

Vers le milieu de l'après-midi, les bureaux retrouvèrent leur fièvre habituelle. Linette avait été troublé par cet événement. Sa concentration avait disparu. Elle avait croisé le regard de ce type, elle avait serré cette main molasse, chaude et moite, et elle était restée sur une très mauvaise impression.

Monsieur Pintade, tel était le nom de ce chef qui leur tombait du ciel, prit ses fonctions un mois plus tard. D'où venait-il ? Quel cursus avait-il suivi ? Personne ne le savait encore... Des bruits circulaient : il avait été dans un ministère, il avait été professeur, voire directeur d'une société connue.

Il s'habillait d'un costume sombre et froissé. La veste était bien trop longue, trop ample aussi ce qui le rendait plus petit et plus gros. Prisonnier dans une chemise blanche et étroite, sa cravate rouge déclenchait les commentaires des langues féminines. Le jeune loup qui s'était fait imprimer des cartes de visites avec le titre ronflant de chef des travaux, que l'équipe appelait Serge, ce qui lui déplaisait fort, mais n'ayant pas assez de charisme pour s'imposer ni par son autorité, ni par ses qualités, fut chargé de lui indiquer les différents rouages de la société. Il lui expliqua du mieux qu'il put sa propre fonction. Chose qui ne fut pas aisée, car lui-même ne savait pas à quoi il servait. Puisque de toute façon le boulot se faisait toujours lorsqu'il n'était pas là. Lorsqu'il était en visite sur un des nombreux chantiers que gérait la société. Visite étant bien entendu le terme officiel car celui de balade aurait été mal venu...

Monsieur Pintade resta silencieux durant le premier mois. Il écouta avec une fausse patience, posant par-ci, par-là, quelques questions acides, toujours avec un sourire supérieur suspendu au-dessus de son nœud de cravate ridicule. Puis, passé cette mise en condition, cette adaptation rapide, monsieur Pintade prit le quotidien en main, d'une manière subtile et progressive. Serge sentit le vent qui tournait. La peur de perdre sa place le rendit obséquieux. Il n'osait plus quitter son collègue d'une semelle, s'obligeant à le suivre partout, à acquiescer à chacune de ses remarques et aussi à devancer le moindre de ses désirs. Le loup se changea en valet.

Les mêmes mauvaises langues commencèrent à les appeler Laurel et Hardy. Chacun se posait la question : des deux lequel était le plus bête ? Mais intelligent ou bête, dans une entreprise, ce n'est pas la bonne question. La seule véritable que chacun doit se poser est : qui a le pouvoir ? Or, il était évident que le gérant de la société en possédait une partie, que Serge en avait de moins en moins et que Monsieur Pintade en avait de plus en plus.

Le premier acte significatif de sa prise de fonction fut de réorganiser la répartition des gens dans les bureaux. Diviser pour mieux régner ! Il convoqua tout le monde à tour de rôle dans une pièce et les entretiens prirent plusieurs jours tant la torture mentale qu'il soumettait, surtout aux employées dites du sexe faible, était longue, raffinée et sadique.

Monsieur Pintade dévoila davantage sa personnalité, assuré qu'il était de ses arrières, protégé par son ami d'enfance. Le gérant, ces jours-là, on ne sait par quelle coïncidence fut absent. Seul le beau Serge fut convié à se tenir à la droite de Monsieur Pintade. Mais juste à se tenir et surtout ne pas l'ouvrir.

Quand ce fut au tour de Linette, c'était presque six heures. Elle avait un rendez-vous chez son dentiste et n'osa pas le dire. Il la cuisina deux heures durant, voulant savoir les moindres détails de sa vie professionnelle, l'acculant dans ses faiblesses qu'il avait pressenties par ce don qu'il avait de persécuter là où ça fait mal. Puis il lui dit, sans ménagement, que prochainement, elle quitterait son bureau pour s'installer chez Mlle Chambre. Une comptable avec qui elle n'avait rien à partager puisqu'elle s'occupait de la coordination fournisseurs clients. En outre et c'était de notoriété publique, cette personne ne l'aimait pas du tout.

Linette lui rétorqua courageusement qu'elle devrait faire l'aller et le retour entre les bureaux chaque fois qu'elle désirerait un dossier, mais Monsieur Pintade lui opposa une telle mauvaise foi qu'elle cessa d'insister. Il lui fit comprendre aussi que dorénavant, elle avait intérêt à être mieux organisée dans son travail. Si elle passait tant de temps au bureau en dehors des heures légales, c'était la preuve formelle de son incapacité à régler les affaires courantes, dans le temps imparti. Elle faillit pleurer devant autant d'injustice, si peu de reconnaissance, elle qui s'était donnée tant de mal depuis des années. Elle atteignit enfin le fond de son ahurissement quand suivirent, pour clore le tout, des réflexions désobligeantes sur ses tenues trop sportives et ce fut à peine s'il ne la traita pas de mal baisée. Cette pensée était dans ses yeux et elle avait aperçu le beau Serge remuer ostensiblement des fesses sur sa chaise, preuve tangible, qu'il avait capté lui aussi cette allusion à peine voilée…

Linette comprit alors que ce Mr Pintade l'avait séparée de sa collègue avec qui elle s'entendait si bien pour mieux les isoler, pour éviter qu'elles ne fassent bloc, qu'elles ne se soutiennent, ne serait-ce que par un regard complice ou un simple sourire d'encouragement. Pour les avoir à sa merci, pour mieux les persécuter... Le lendemain elle arriva donc à l'heure pile, passa la journée dans le brouillard et à dix-huit heures tapantes elle était dehors pour la première fois de sa carrière et cela lui fit tout drôle.

Le déménagement fut programmé le mois suivant et l'ambiance fraternelle qui avait été jusqu'alors le lien indélébile de cette enclave professionnelle si tranquille, se désagrégea rapidement, chacun ayant compris malheureusement qu'il risquait d'être viré du jour au lendemain.

De nouvelles recrues furent engagées les mois suivants, mais toujours des connaissances à Mr Pintade. Certains fournisseurs furent aussi écartés, et d'autres cooptés. Comme par le fait du hasard, toujours des petits copains, de vieilles relations, et bien sûr toujours plus chers. Pourquoi se gêner ! osa-t-il dire un jour, sans vergogne, au détour d'un couloir.
Le harcèlement s'amplifia. Fort heureusement, Mr Pintade était lunatique. Il s'acharnait sur quelqu'un pendant une quinzaine de jours, puis il l'oubliait pour se polariser sur une autre. Ce qui laissait le temps à la première victime de se remettre de cette tentative de meurtre psychique. Linette de par sa nature aimable fut sa préférée et eut par conséquent le triste privilège d'être sur la sellette plus souvent qu'a l'accoutumé.

Elle cessa de dormir, de manger, fit de l'anorexie, arrêta le sport, ne se maquilla plus et laissa ses boucles d'oreilles dans son coffre à bijoux. Enfermée dans cette pièce étroite, entourée d'étagères croulant de dossiers qui n'étaient pas les siens, sans lumière à l'exception de sa lampe de travail, devant le dos osseux de cette mademoiselle Chambre qui ne lui adressait jamais la parole, elle regretta amèrement la luminosité de son ex-bureau qui donnait sur le port. Ce bureau dont le grand patron lui avait dit un jour, sous le couvert d'une mauvaise plaisanterie, que si elle n'était pas mieux payée c'était parce qu'elle bénéficiait de cet avantage en nature, de cette vue magnifique depuis son ordinateur…

Pauvre fleur de bureau, elle commença à se flétrir. Pourtant, de temps à autre, elle reprit courage, avec un semblant d'entrain en se répétant pour s'en convaincre que tout allait s'arranger. Elle qui n'avait jamais pris un calmant, qui avait claironné qu'elle n'en prendrait jamais, elle la sportive au mental d'acier qui n'avait jamais pleuré dans le cadre de son travail, elle qui se couchait et qui agrippait l' oreiller sans une appréhension de cauchemar, perdit progressivement sa sérénité. Sous la pression constante dont elle fut la sujette, elle vécut alors dans la hantise de commettre une bêtise, une faute professionnelle.

Comme la plupart des personnes qui n'avaient jamais subi ce genre d'agression elle ne savait pas où se situait son seuil d'acceptation à la souffrance, l'ultime borne de sa résistance.

Au cours de cette période difficile, le grand patron avait racheté d'autres sociétés, remodelé le paysage de son holding. La STN fut débaptisée et affublée d'une enseigne pompeuse celui de ENCORE. Une appellation qui se voulait innovante, moderne, de manière à tirer le client vers un avenir plus prometteur.

L'erreur que fit Linette fut d'envoyer un courrier à un client important avec l'ancien logo. Deux jours plus tard, elle reçut une lettre recommandée chez elle. C'était un blâme, pour la première fois de son existence. Elle avait commis une « faute grave ». Ce blâme était signé de la main du gérant mais il était évident que cet acte vil, sournois, émanait de Mr Pintade. Elle pleura toute la nuit, avala des cachets, passa son dimanche à tourner chez elle comme une âme en peine, et se rendit le lundi au travail comme un zombie, une somnambule.

A midi, elle demanda une entrevue avec le gérant profitant de l'absence de monsieur Pintade et de Serge qui étaient partis au restaurant. Elle resta près d'une heure à vider son sac. Le gérant qui était, malgré sa lâcheté, honnête, tenta de la rassurer. Il lui avoua qu'il avait été obligé de signer la lettre sous la pression de Mr Pintade qui l'avait menacé sans état d'âme. Linette en sortant de l'entretien sécha ses larmes. Elle se consola de n'être pas la seule tête de turc dans cette société. Le gérant lui avait dit avec une extrême franchise qu'il pensait être lui aussi sur un siège éjectable et que cet enfoiré de Pintade avait déjà réclamé que l'on appuie sur le bouton.

Puis elle s'en retourna dans son coin. Elle sortit de son sac son sandwich qu'elle posa sur sa table et montra sa lettre de blâme à un jeune commercial qui passait par là et qui l'avait prise en sympathie. Peut-être parce qu'il était d'une autre génération, pas sexiste et sans doute aussi sans avenir dans cette boite. Il lut attentivement la lettre et éclata de rire joyeux. C'était carrément surréaliste !

Cela démontrait encore une fois que l'incompétence découlait forcément de la bêtise. On avait reproché à Linette d'avoir expédié un courrier avec l'ancien en-tête alors que le fameux blâme avait été frappé sur un papier identique. Avec le même logo STN. C'était tellement énorme qu'elle ne s'en était pas aperçue sous le coup de l'émotion. Hypnotisée qu'elle était par ces lignes meurtrières. Le gérant avait signé du bout de son stylo, écœuré, pressé d'en finir, et il n'avait rien vu. La nouvelle secrétaire de Mr Pintade, une ancienne vendeuse de Carrefour n'avait pas inventé la poudre. Le nouveau papier à en-tête était encore sous cellophane dans un coin du bureau. Elle n'avait pas pensé à se débarrasser de l'ancien qui était encore dans le tiroir de l'imprimante.

Le commercial invita Linette au café d'à côté et il commenta jusqu'à quatorze heures cette ridicule affaire. Le patron du bar qui compatissait aux malheurs de ses clients, leur fit remarquer alors que l'enseigne STN, en grosses lettres jaunes au-dessus de la porte d'entrée, n'avait pas encore été remplacée. Ces lettres semblaient s'agripper désespérément à leur place, de la même façon que le gérant, que Linette et bien d'autres qui tentaient de s'accrocher à leur emploi. Tous ceux que monsieur Pintade avait cochés sur sa liste si scrupuleusement.

Au fil des jours, la machine bien huilée de la société offrit des signes inquiétants. Le retour clientèle devint déplorable. Des plaintes téléphoniques, toujours plus nombreuses, assaillirent le standard. Les informations cessèrent de circuler correctement. Sans arguments pour répondre aux plaignants, les secrétaires ne furent plus dans le secret du travail. Les comptes-rendus des visites sur les chantiers devinrent inexistants et le tableau des déplacements qui avait été commandé bien avant l'arrivée de Mr Pintade resta dans le carton d'emballage. Les petits chefs nouvellement embauchés se rangèrent sous la bannière de leur chef et filèrent doux comme des moutons.

Les femmes du bureau, les morues, les salopes aux dires de certains qui commençaient à se lâcher sur le sujet, à l'image de Mr Pintade, n'eurent qu'à bien se tenir et surtout à ne jamais répondre... On entendit même, lors d'une réunion matinale, Mr Pintade dire au beau Serge que lors de leur futur déplacement à Paris, ils iraient faire un tour, rue St-Denis, pour aller saluer les putains. C'était évidemment pour eux de l'humour mais aucune des femmes présentes n'eut envie de rire. Et ne résonna dans la pièce que le rire gras et masculin du reste de la troupe.

Une fille tomba malade, se fit arrêter pour dépression et l'on n'entendit plus jamais parler d'elle. Elle fut remplacée par une femme qui alignait une vingtaine de fautes d'orthographe à la page et dont la tenue vestimentaire pouvait suggérer des débuts professionnels dans un quelconque bar de la rue Bayard. Des réunions furent organisées à des heures indues. Mr Pintade, comme un piranha dans un trou d'eau africain, prit alors un plaisir évident à avancer des idées saugrenues, en faisant puis défaisant, à tel point que certains se demandèrent s'il n'était pas rémunéré pour tout chambouler. Couler la société, décourager les employés, les pousser à la faute et à démissionner pour les remplacer ensuite par des hommes plus ou moins capables et par des femmes soumises d'une moralité douteuse.

Au cours des semaines suivantes, le grand patron poursuivit ses visites. Il prit l'habitude de s'enfermer avec son sous-fifre dans son bureau d'où l'on percevait des éclats de rire et parfois le flop d'une bouteille de champagne sous le coup de onze heures. Le gérant fut remercié fin décembre. Le repas traditionnel de fin d'année qui était offert au personnel eut droit à son tour à des innovations. Le restaurant choisi « les copains d'abord » fut aussi un clin d'œil qui n'échappa à personne. Les bruits de couloir, cette pratique courante d'abandonner les informations à toutes sortes de dérives, devint l'unique et officielle forme de communication. Au sujet du repas se répandit la rumeur que seuls les cadres étaient invités ainsi que certaines heureuses élues dont les noms ne faisaient déjà aucune doute. Les pauvres secrétaires n'eurent droit ni à une boite de chocolats, ni à un bouquet de fleurs et furent totalement ignorées. Une d'elles s'en étonna donc auprès de Mr Pintade. Il lui répondit que la situation étant ce qu'elle était, c'est à dire à l'économie, elle devait choisir entre le repas ou sa prime annuelle. Elle ravala ses revendications et s'en retourna voir ses copines tandis que du haut de son mètre soixante-cinq Mr Pintade lorgnait le postérieur de cette impertinente.

Ce fut aussi à cette époque qu'une indiscrétion eut lieu au sujet de la vie privée de Mr Pintade. Il venait de divorcer. Sa femme l'avait plaqué depuis plusieurs mois et vivait le grand amour avec un joueur du stade toulousain. Un beau mec, viril, grand, beau, connu et tout un tas de trucs qui firent aller bon train les commérages. Mr Pintade étant cocu cela risquait d'envenimer l'ambiance, de décupler sa hargne, et son défoulement sur les autres. Il retourna vivre chez sa mère et l'on se demanda, avec le salaire qui était le sien, pourquoi il tardait tant à prendre un appartement ?

Linette, un samedi de janvier, fit les soldes. Pour faire cesser les assauts répétés sur son habillement, elle acheta une tenue plus classique : un tailleur de tweed, des jupes et des chemisiers en dentelles. Puis, ce qu'elle n'avait jamais fait quasiment de sa vie, elle pénétra chez un vrai chausseur, rue Alsace-Lorraine, et s'offrit deux paires de chaussures à talons hauts, une noire et une marron.

En face d'elle, sur un présentoir, elle aperçut alors une paire d'escarpins rouge vif. Elle se demanda quel genre de femme pouvait porter ce style de chaussures. Par jeu et comme elle avait aussi du temps, elle intercepta une petite vendeuse pour les essayer. Dès qu'elle les eut aux pieds, elle ressentit une étrange sensation. Une sorte de picotements qui s'en prirent d'abord à ses orteils, puis qui grimpèrent le long de ses mollets, avant de s'emparer de ses cuisses pour enfin se répandre dans tout son corps.

Elle se dressa et tituba légèrement, n'étant pas habituée à cette position cambrée du corps. Linette fit une dizaine de pas et distingua son reflet dans un des miroirs du magasin. Ce n'était plus elle, mais une femme différente, une autre, plus grande, plus belle et plus sûre. Croisant le regard d'un client, elle fut surprise de ce qu'elle y découvrit. Pourtant elle était vêtue d'un jogging jaune criard et avec ces chaussures rouges sa tenue paraissait plutôt excentrique.

Elle paya les trois paires avec sa carte visa et ne tiqua point sur le montant élevé. Elle se défit des boites en cartons, demanda une poche en plastique. Mais se ravisant elle réclama celle des escarpins. Ayant retrouvé le confort de ses baskets, elle redevint la Linette habituelle. Ces chaussures rouges lui avaient procuré une impression bizarre. Rentré à son domicile, elle les rangea dans son armoire et attendit patiemment le début de la semaine pour étrenner son tailleur neuf.

Le lundi matin, elle poussa la porte de l'entreprise avec une humeur joyeuse. Au pied elle avait mis la paire noire, plus sage, moins sexy mais qui la transformait quand même radicalement.

Les filles la complimentèrent pour son nouveau look mais lui reprochèrent, de n'avoir rien fait pour sa coiffure. Elle répondit que c'était prévu... Puis dans le couloir Mr Pintade la croisa, se retourna, stoppa et la toisa en lui disant si elle avait emprunté ce tailleur à sa mère. Bien évidemment, elle ne s'attendait pas venant de lui à un compliment, néanmoins, elle aurait préféré qu'il s'abstienne de tout commentaire. Malheureusement cela était impossible. Elle savait que cet homme fabriquait comme les serpents une quantité de poison chaque jour et qu'il devait libérer son fiel à la moindre occasion. Elle haussa les épaules et s'en fut à son bureau.

Une heure plus tard, sous la table, elle se déchaussa car elle n'était pas habituée à avoir les pieds si serrés dans un espace aussi contigu. Ils étaient tout bonnement comme elle dans ce bureau : compressé !

Puis ce fut le printemps.
Mr Pintade s'en prit encore à elle. Mais cette fois-ci, avec une connotation sexuelle.
Maintenant qu'elle s'habillait suivant son goût avec des jupes courtes qui dévoilait de jolies et longues jambes, qu'elle avait des chaussures avec des hauts talons qui lui procuraient une démarche agréable, démarche qui n'avait rien à voir avec celle d'avant, hippopotamesque, maintenant qu'elle possédait une silhouette de sylphide, car elle mangeait peu à cause du stress, Mr Pintade la convoqua quotidiennement sous des prétextes futiles. Il déblatéra des sous-entendus, des flatteries mielleuses, sans pouvoir s'empêcher, dans la minute suivante, de jouer au chat et à la souris, de la rabaisser par des piques acérées.
Linette ne savait comment se dégager du filet qui l'encerclait chaque jour davantage. Un soir elle tarda trop et elle se retrouva seule en sa présence dans le petit bureau. Tout le monde était

parti. Elle remarqua que son chef transpirait abondamment. Peut-être avait-il bu, pensa-t-elle dans sa naïveté ? Il s'approcha aussi près que la bienséance l'autorisait, et lui proposa qu'elle devienne sa maîtresse. Sans vergogne il lui annonça, si elle se laissait faire, qu' elle aurait de nombreux avantages et même son salaire serait considérablement augmenté. Elle n'en crut pas ses oreilles. Adossée à ses étagères elle tint serré sur son ventre, comme un bouclier, un dossier dont elle s'était emparée dans un réflexe puéril de défense. Elle ne put émettre aucun son de sa gorge paralysée. Ce qui encouragea Mr Pintade qui prit ce silence pour du consentement. Il posa ses mains potelées sur ses épaules puis en l'attirant contre lui, il tenta de l'embrasser.

Sortie in extremis de sa torpeur, elle lâcha le dossier dont les pages explosèrent sur le sol et voulut le repousser. Mais il pesa sur elle de tout son poids et l'agrippant, il lui susurra dans le cou des obscénités, en glissant ses doigts dans le décolleté qu'elle avait eu la mauvaise idée de mettre. Il tenta aussi de forcer un passage sous la jupe afin de la soumettre à son plaisir. Tétanisée par la peur, la honte, immobile, sans geste, à la merci de son immonde envie, elle resta ainsi quelques secondes qui lui parurent une éternité.

Elle hurla et cela la sauva. Elle l'insulta et cela la perdit… Non pas qu'il la frappa ou qu'il la viola, car il tourna le dos et prit la fuite comme un péteux qu'il était. Mais depuis cette tentative scandaleuse, il s'acharna de plus belle. Linette fut le jouet du ballet incessant de sa mauvaise humeur. Il se vengea de cet affront qu'elle avait fait à sa virilité. Il fit tout ce qui était en son pouvoir pour la briser, pour qu'elle craque, et pour qu'elle démissionne épuisée.

A l'automne il emporta la partie. Linette refusa un matin de se présenter à son travail. Elle eut tout juste la force d'envoyer une lettre de démission qui se voulait une lettre d'explication. Une lettre cependant qui n'expliqua rien tant ses idées, ses phrases restèrent embrouillées par la haine qu'elle avait de cet homme qui l'avait harcelée jusque dans les parties les plus intimes de son être. Cet homme qui avait tué avec préméditions sa joie de vivre et son insouciance.

Elle resta alitée plusieurs semaines vautrée sur le canapé devant la télévision branchée en permanence. Heureusement, Linette avait de la ressource. Le soleil brilla un matin de novembre avec un éclat rédempteur, avec une douceur qui étalait une nonchalance palpable sur la ville. Elle passa une robe sombre car elle avait pris goût à ce style plus classique. Ainsi vêtue, elle avait eu l'occasion de remarquer que le regard que portait les gens sur elle semblait différent. Elle avait été considérée ces derniers mois comme une moins que rien et cela lui ferait du bien de se sentir à nouveau regardée. Auparavant, lorsqu'elle s'habillait en jogging, elle demeurait invisible aux yeux des inconnus. Cela n'avait aucune importance puisque elle existait socialement à travers son travail. Son plaisir elle le puisait dans le sport. Mais ce n'était pas l'un ou l'autre style qui la mettait davantage en valeur car dans les deux elle possédait un certain charme. Par contre, ce nouveau look plus féminin et plus classe suggérait aussi une respectabilité liée à l'argent même si ses revenus dépassaient à peine la barre des mille-deux-cents euros quand elle était salariée.

Ce jour là, elle fut incapable de se l'expliquer, elle chaussa les escarpins rouges. Ces quilles juchées sur un talon de près de dix centimètres. Un défi à l'équilibre… Dans la rue elle fut obligée de rouler des hanches, d'avancer à petits pas. Mais dans le rose de sa confusion se mêla une autre couleur : celle d'un certain plaisir.. Les hommes la regardèrent et les femmes firent mine de ne pas la remarquer. Elle était superbe et se réfugia chez son coiffeur pour savourer cet exploit. Pour faire étape aussi. Pour se remettre de cette émotion ; elle débordait d'enthousiasme, ne se reconnaissait plus. Elle causa avec distinction, elle usa d'un vocabulaire choisi, dévoila des gestes lents, gracieux et doués d'aisance. Le coiffeur la jugeant dans de si bonnes dispositions profita pour lui proposer de changer radicalement de coupe et

de couleur. Elle ferma les yeux et s'en remis aux doigts agiles du jeune homme qui se fit une joie de la transformer.
Il en fit une Marilyn. La même blondeur puisqu'elle en avait le visage. Puisqu'elle en avait le style dans cette robe. Puisqu'elle en avait les chaussures...

Quand elle se dévisagea dans la glace du salon elle se trouva magnifique. Elle sortit sa carte bleue et paya sans rechigner le prix exorbitant de cette métamorphose. Puis, elle s'en alla aux Nouvelles Galeries acheter des sous-vêtements en soie, des bas, des soutiens-gorge de couleur, des culottes brésiliennes, et une guêpière noire et rouge en fines dentelles. Elle qui depuis son adolescence ne portait que du coton de sa mercerie de quartier. Elle qui n'avait pas d'homme dans sa vie. Elle paya encore sans état d'âme. Son départ ayant été volontaire, Linette n'avait eu droit à aucune indemnité de chômage. Elle fonctionnait sur ses économies. Pourtant, et contrairement aux jours précédents, elle se sentait d'une humeur dépensière et se ficha de savoir si son compte en banque était couvert ou pas. Elle poursuivit donc sa balade, d'une vitrine à une autre, d'une boutique à une autre. Place Wilson Linette s'attabla à une terrasse et commanda un muscat. Elle s'amusa fort des regards de certains passants qui avaient tendance à lorgner sur ses jambes qu'elles tenaient croisées et sensiblement dévoilées. Plus tard, elle acheta des disques, fit d'autres emplettes dont un nouveau parfum. Puis en fin d'après-midi elle rentra chez elle, épuisée. Elle s'écroula sur le canapé et ôta ses chaussures.

Instantanément Linette recouvra ses esprits. Catastrophée, elle contempla ses achats. Perturbée, elle porta la main droite à sa nuque dans une geste de perplexité. Elle sentit la raideur laquée de ses cheveux. Elle se précipita devant la glace qui trônait au-dessus de la cheminée de marbre. La séance chez le coiffeur lui revint alors en mémoire et faillit éclater en sanglots. Comment avait-elle pu laisser faire cela ? Comment avait-elle pu trouver ça beau ? Elle n'arrivait pas à comprendre ce qui s'était passé et lorsqu'elle comptabilisa enfin ses dépenses elle resta assommée et tomba dans une profonde déprime. Elle s'allongea sur son canapé et resta ainsi, comme une larve, avant de succomber au sommeil.

En pleine nuit, à trois heures du matin elle se réveilla avec une puissante migraine devant une émission d'animaux mazoutés avec cette idée fixe : trouver du travail au plus vite.

Le lendemain avec toujours son mal de tête, devant un verre avec un cachet effervescent plus un autre de café serré et sans sucre, elle s'attela à la tâche et entreprit de rédiger son CV. Elle répondit à plusieurs annonces mais se découragea rapidement.

Trois semaines plus tard Linette ouvrit son armoire et s'apprêta à s'habiller quand son regard s'arrêta sur la boite en carton des escarpins rouges. Elle se pencha, s'en empara et la déposa avec précaution sur le lit. Puis elle enleva le couvercle.

Les chaussures semblaient la narguer. Elle les fixa sans pouvoir en détacher son regard. Curieusement Linette eut l'impression qu'elles lui parlaient. Elles disaient simplement qu'il était idiot d'avoir acheté de si beaux sous-vêtements et de les laisser dans leur poche de cellophanes par un si belle matinée. D'avoir de si belles choses pour ne point les porter. D'avoir un parfum d'une telle finesse et de ne pas s'en couvrir la peau.

Elle s'habilla d'une jupe noire, courte, enfila des bas en soie couleur chair, choisit un chemiser crème qu'elle passa sous une veste noire de fine laine et elle se glissa dans les escarpins. A l'instant même où elle les eut aux pieds, dans la seconde, ses idées noires s'effacèrent. L'effet fut si manifeste qu'elle s'en rendit compte et elle se laissa retomber sur le lit, passablement secouée. Alors Linette tenta une expérience... Elle les enleva. Aussitôt elle fut submergée par sa lassitude, son dégoût des hommes et sa peur terrible du lendemain. Le décor de sa vie quotidienne redevint noir. Fébrilement, elle les remit. Elle sentit sourdre aussitôt une excitation profonde. C'était inouï ! Elle était à nouveau apaisée, sûre d'elle, et elle sentait ce bien-être étrange couler dans ses veines, comme une drogue efficace et

100

instantanée. Consciente brusquement qu'elle était protégée par un aura inexplicable qui entourait sa personne, transfigurée, elle quitta son appartement.

Elle fit le tour des agences immobilières. Dans la première où elle était entrée une employée lui avait demandé son nom et ses coordonnées. Linette s'était entendue dire bizarrement qu'elle s'appelait Line Maurel. Sa nouvelle personnalité avait trouvé plus approprié de supprimer ce diminutif désuet et qui était comme la calandre vétuste d'une fille sans éclat. Line se mit donc en tête de trouver un logement plus conforme à sa future vie. Quant à son futur job, elle était confiante et avait une idée précise sur le sujet.

Le lundi suivant, installée confortablement sur son canapé, toujours dans son pyjama, Line décrocha son téléphone pour appeler directement les entreprises qu'elle connaissait. Celles avec qui elle avait déjà travaillées. En priorité les concurrentes de son ex-patron. Pour pratiquer son « phoning », elle avait chaussé ses escarpins car elle ne faisait plus confiance à Linette pour faire avancer les choses. Elle avait compris que seule Line était capable de décrocher un autre emploi. Pour l'heure et elle en était convaincue, ces sublimes chaussures possédaient un pouvoir sur sa personne. Bien sûr elle était trop rationnelle pour croire à un quelconque effet magique. Mais elle acceptait avec reconnaissance ce bienfait tombé du ciel car, pour des raisons obscures, les chaussures agissaient sur son inconscient au point de changer totalement son caractère..

Durant ces jours de transition, il y eut plusieurs degrés.
Au début Linette eut la permission de n'exister que durant la nuit. Dormir avec les escarpins n'était pas une solution. Dès que le réveil sonnait, Linette encore en petite tenue se chaussait sans attendre. Et c'était donc Line qui engloutissait avec délice le café brûlant et les tartines de son petit déjeuner.
Dans ce parcours du combattant de la recherche d'un emploi, à laquelle Line se livra avec énergie, la première victoire, celle

sans quoi rien ne pouvait aboutir, était celle du fameux premier rendez-vous. Elle avait opté pour une stratégie différente de la plupart des chômeurs. Le CV expédié par la poste était à son sens une démarche obsolète pour décrocher un emploi. Elle préféra attaquer directement ses cibles par téléphone et le cas échéant se rendre à l'improviste dans les sociétés en question. Son agenda noirci avec des noms d'entreprise, dont elle avait sollicité des entretiens avec succès, démontra combien elle était passée maître, en quelques temps, dans la manière de se vendre au téléphone, de séduire à distance.

Elle évolua dans une dynamique ascendante. Linette, qui avait vécu des mois terrorisée par les crises d'hystérie de Mr Pintade, le soir, sous la protection de sa couette, les chaussures rangées à côté de son lit, peu à peu, reprit espoir grâce à la pugnacité de Line qui savait si bien prendre à bras-le-corps les problèmes de la vie. Une petite inquiétude pourtant apportait une ombre à ce futur prometteur.

Ces belles mais si fragiles chaussures n'étaient pas inusables. Au contraire. Au train où elle les soumettait, malgré le soin qu'elle y portait il faudrait bien un jour ou l'autre les remplacer. Cependant, chaque matin les ayant aux pieds, elle les examinait anxieusement. Mais force était de se rendre à l'évidence : il n'y avait aucune éraflure ; elles paraissaient toujours aussi neuves que le premier jour.

Elle décrocha des rendez-vous pour des postes supérieurs au sien et bien mieux rémunérés. Elle profita aussi de son temps de libre pour parachever ses recherches immobilières. Quand elle se rendait d'une agence à l'autre, elle se livrait entièrement au plaisir sulfureux de sa promenade. Ses talons lui procurait une démarche de mannequin moins prononcée et plus élégante. Elle adorait cela. Si les professionnelles de la mode affichaient souvent le long des podiums des dandinements d'autruche Line avait plutôt l'air d'une reine. Chez le banquier elle obtint avec facilité un prêt pour voir venir et négocia un taux avantageux.

Line avait des ailes durant la journée. A l'approche des fêtes de Noël, le décorum des vitrines, les illuminations, la foule sur les trottoirs, l'ambiance, la poussèrent à rester davantage en ville. Le pas à franchir n'était pas difficile. Elle grignotait sur place dans un restaurant pour ensuite s'offrir une distraction parmi toutes celles qu'offre la nuit à celles qui n'ont pas peur. Et Line incontestablement faisait partie de cette escouade féminine que rien ne semblait pouvoir stopper. Refusant énergiquement les soirées monotones devant la télévision.

Elle se tourna, en premier lieu, vers les séances de cinéma. Boycottant les films américains au profit de programmations plus intelligentes elle fréquenta les salles plus marginales. Elle poussa la porte de la Cave Poésie, du théâtre le Sorano, celui de la Digue pour enfin oser pénétrer un soir dans un bar musical.

Un orchestre latino-américain avait réchauffé l'ambiance d'un bar situé en face du canal du Midi et réveillé la torpeur du lieu figé dans la froidure de cette nuit hivernale. Line s'était alors livrée sans retenue au plaisir sensuel de la salsa et avait dansé jusque tard dans la nuit.
Jusqu'à cette soirée-là, Line avait repoussé toutes les approches masculines déclenchées par sa séduction naturelle. Pour avoir une chance d'attirer son attention plus de cinq minutes, peu importait le standing, l'aspect vestimentaire, ou le physique. Ce qui pinçait sa curiosité chez un homme c'était la voix, le sourire, les gestes, la douceur dans les propos. Linette n'avait connu que des machos, des sportifs ou des « petits cons » comme disait si bien son ex-collègue de bureau. Line n'avait pas oublié le vide sentimental qui en avait résulté. Ce soir-là, entre deux danses, un mojito à la main, elle fit la connaissance d'un homme qui lui parla avec un mélange de charme et de retenue... Puis, comme c'est souvent le cas, un personnage sympathique pouvant en cacher un autre, par un effet boule de neige, Line rencontra un tas de personnes. Les jours suivants son téléphone ne cessa de sonner. Des propositions de sorties ou de week-ends affluèrent.

Les fêtes étant passées, la cascade des entretiens gonfla… A la longue plusieurs propositions émergèrent dont une, alléchante, d'un promoteur toulousain.

Le poste requis réclamait des connaissances administratives, mais aussi techniques et commerciales. Si Linette fut effrayée de tant de responsabilités, Line trouva ce travail exactement dans ses cordes. Il y eut aussi un deuxième entretien puis un troisième avant d'emporter la victoire devançant avec succès le dernier candidat masculin qui était resté en compétition. Cette société construisait des résidences dites de luxe, sécurisées, avec piscines, jardins et grillages. L'équipe dans laquelle elle fut intégrée était dynamique, et surtout semblait baigner dans une chaleureuse ambiance de travail. Certains cadres avaient bien des propos bien masculins mais ils ne dépassaient jamais les limites de la correction. Leur attitude n'avait rien à voir avec le harcèlement qu'avait connu Linette.

La vie reprit ses droits...

Toutefois la sérénité de Line n'était pas parfaite. L'obligation de porter cette sempiternelle paire d'escarpins rouges, maintenant qu'elle avait atteint son objectif, commençait sérieusement à la perturber. Des collègues féminines lui firent des remarques à ce sujet et elle fut embarrassée pour répondre. Elle redoutait de ne plus bénéficier du soutien des ses chaussures si elle leur était infidèle. Elle refoula inconsciemment l'idée tout en sachant que cela s'avèrerait inéluctable. D'autant plus que les hauts talons, malgré leur qualité, donnaient quelques signes de faiblesse et qu'il était temps de les porter chez le cordonnier.

Un matin de mars, elle fit par conséquent un important effort et se chaussa différemment. Elle était pétrie d'appréhension. Au cours de la journée, elle dut se rendre à l'évidence... Malgré sa nervosité elle était demeurée elle-même. La réparation avait duré trois jours. Et rien d'extraordinairement mauvais ne s'était passé.

Linette avait seulement cessé d'exister.

Line construisit son chemin et mit son énergie au service de sa carrière. Elle resta célibataire faute du grand amour. Des amis, des amants jalonnèrent sa vie. Néanmoins elle demeura seule dans l'appartement qu'elle avait acheté rue Gambetta. Dans sa quarante-deuxième années elle porta un regard nouveau sur son quotidien. La ville rose était devenue trop petite. Ses parents étaient morts. Les conversations téléphoniques avec son frère devenaient rares. Elle possédait une foule d'amis, des relations, mais la seule qui aurait pu la retenir à Toulouse, son amie de toujours, s'était mariée sur le tard et était partie vivre à Nice. Alors Paris, pourquoi pas se disait-elle ?

En outre l'envie d'évoluer dans sa carrière professionnelle était liée aussi à une autre plus sentimentale. Deux ans auparavant, lors d'un voyage sur le Nil, elle avait rencontré quelqu'un. Un homme bien sous tous rapports. Il était veuf et habitait à Paris. Leur relation s'était merveilleusement bien passée. Il désirait l'épouser mais elle s'y refusait. C'était prématuré. Elle s'était méfiée. Cependant leur liaison avait résisté à l'éloignement et au temps. Ils avaient continué de se voir régulièrement, entre deux avions ou deux trains. D'un hôtel à un autre car cet ami voyageait pour ses affaires. L'amour s'était développé, avait trouvé un équilibre, leur avait offert une raison de vivre, de faire des projets, enfin tout ce qui fait avancer l'être humain quand il est accompagné d'un autre. Line était donc sur le point de craquer. Mais elle était trop indépendante pour se livrer sans avoir son autonomie financière. Elle était prête à dire oui mais sous la condition de trouver un emploi à Paris.

Elle chercha un poste similaire au sien... Ayant brillamment réussi là où d'autres avaient échoué elle était devenue par la seule force de son travail, de son entêtement, cadre et dirigeait un service important. Elle décrocha des rendez-vous, passa les étapes des épreuves, notamment les tests psychologiques, des entretiens à n'en plus finir et finalement obtint une proposition intéressante.

Le président directeur général qui la reçut était âgé. Il trônait timidement derrière un bureau acajou, au centre d'une immense pièce habillée de boiseries somptueuses. Dans ce grand bureau au caractère ministériel avec une très belle vue sur le jardin du Luxembourg, ce vieil aristocrate, fortuné, boutonnière de la légion d'honneur au revers, cherchait une collaboratrice pour restructurer plusieurs sociétés qu'il avait achetées. Il avait jugé qu'elle en avait les compétences, le profil suivant l'expression des chasseurs de tête. Il avait lu avec attention son CV et sa lettre de motivation. Une ligne avait accroché sa curiosité, mis en alerte son instinct infaillible.

Trois mots se détachaient : démission,motif, harcèlement...

Line avait hésité à noter ceci. Toutefois elle avait opté pour la franchise. Une façon de prévenir un éventuel employeur qu'elle n'était pas disposée à se laisser faire. Un avertissement qui soulignait aussi un trait de caractère qui n'avait point échappé au vieil homme.

Singulièrement il existait autre chose dans ce curriculum vitae qui faisait d'elle la bonne candidate. Par contre, cela Line ne l'apprit que plus tard.

Ce personnage d'un passé à jamais révolu, qui avait connu l'occupation allemande, qui avait été résistant, avait fait fortune mais avec toujours une certaine élégance ne ressemblait pas aux requins qu'il côtoyait depuis tant d'années. Il ne l'avait jamais avoué mais en arrivant sur la fin de sa vie, il en était arrivé à la conclusion que si Dieu pouvait lui redonner la possibilité de recommencer, il le prierait de faire de lui une femme. Il était évident qu'elles étaient bien plus intelligentes que les hommes. Elles ne déclenchaient ni la guerre, ni les famines, ni les meurtres. Suivant sa philosophie les seules qui échappaient à cette évidence, à l'image de certaines malfaisantes, étaient des femmes qui dans le secret de leur esprit avaient toujours désiré être des mâles. Cette mauvaise distribution génétique avait gâché une partie de son optimisme de retraité et c'était pour cette raison, dès le décès de son épouse, qu'il s'était remis à travailler.

Line signa son contrat puis mit son appartement dans les mains d'une agence immobilière pour trouver des locataires. Elle s'installa chez son ami et accepta qu'il programme une date de mariage d'ici deux ans. Ceci afin de le rassurer mais surtout et plus particulièrement, en ce qui la concernait, pour se donner encore plus de temps pour réfléchir.
Puis elle entama sa nouvelle carrière.

Quand elle fut au courant du fonctionnement de cette société, qu'elle eut prouvé ce dont elle était capable, un matin, le vieil homme qui l'avait prise en amitié, mais cela non plus elle ne le savait pas, entra dans le bureau pour discuter un peu. Il désirait savoir, notamment, si elle s'adaptait bien à Paris. Si Toulouse ne lui manquait pas. Elle avoua qu'elle éprouvait parfois un peu de nostalgie mais que son fiancé était là pour compenser ce manque. Alors, il lui tendit un dossier rouge qu'il tenait depuis le début de son entrée, serré dans sa main, contre sa cuisse. Le vieux boss lui annonça avec un sourire énigmatique qu'elle aurait à l'avenir l'occasion de descendre dans la capitale rose. Il lui souhaita une bonne journée et s'en alla en sifflotant.

Line, perplexe, ouvrit le dossier et resta figée de stupeur. La première page portait un titre : ENCORE. Elle tourna la page et lu : Gérant Mr Pintade Jean.
Elle avait les pleins pouvoirs.

Une semaine plus tard, elle se leva à cinq heures du matin. Son ami était en déplacement. Elle avala son café et ouvrit son sac à main. Son billet aller-retour pour Toulouse était bien en place. Elle se regarda un moment dans la glace et se trouva belle. Puis un sourire éclaira son visage parfaitement maquillé.
Elle se rendit dans une pièce, attrapa un tabouret, et chercha une boite qu'elle avait placée en haut d'une armoire. Elle la trouva, la posa délicatement sur le lit. Elle enleva le couvercle

et fixa en se mordant les lèvres cette paire d'escarpins rouge, dont elle n'avait jamais pu se séparer, et qui était logée dans ce carton depuis des années. Elle se déchaussa, les essaya et fit quelques pas. Puis elle décida de les garder aux pieds.

Ce Mr Pintade allait certainement souffrir. Le beau Serge était-il toujours accroché aux basques de son chef ? Une fructueuse journée s'annonçait... Elle était la femme la plus heureuse du monde.

Entre Matabiau et Saint Sernin

Chaque jour, il quittait son trou.

Il s'extrayait de sous sa couette en carton qui lui tenait lieu d'abri. Il passait toutes ses nuits sous un porche puant du faubourg Bonnefoy, abandonné des braves gens. Dès que le soleil se hissait au-dessus des immeubles, il pliait ses cartons, les cachait, quittait discrètement son logement de fortune, descendait le faubourg, longeait le canal du Midi pour se réfugier enfin dans le brouhaha matinal de la gare Matabiau.

L'escalier mécanique déversait son flot de jambes, de têtes, de bras, et il regardait passer ces gens énervés, certains déjà aux allures fatiguées. Il restait là, étonné, son sac de vagabond jeté sur les épaules, un mégot fumant planté sur les lèvres en guise de petit déjeuner. Avait-il couru de la sorte, un cartable à la main, vers un bureau aseptisé, climatisé ? Il l'ignorait. Il ne se souvenait de rien. Car il n'était plus rien. Il n'avait pas de nom, aucun souvenir. Le matin, il venait ici pour se débarbouiller. Il ne supportait pas cette saleté qui le collait et pourtant… Il était au supplice puisque il n'avait d'autres vêtements que ceux qu'il portait : un pantalon gris de bonne flanelle mais qui n'avait plus de forme, une chemise en coton jaune déchirée sur un côté et une veste, bleu marine, un blazer griffé et qui avait vécu son heure de gloire avant de terminer sur ses épaules de clochard amnésique. Cet uniforme ancien d'homme d'affaires, de gratte-papiers, de lèche-portable, lui laissait à penser qu'il avait fait partie de cette bande avant de perde la mémoire. C'était pour cette raison, sans doute, qu'il ne pouvait s'empêcher, chaque jour, de les regarder passer avant de se rendre aux toilettes.

Depuis il déambulait dans les rues de Toulouse couchant dehors et profitant du temps encore clément en cette fin de saison. Cet homme ignorait où avait-il vécu l'hiver précédent. Évidemment il craignait l'avenir noir qui se dessinait cette fin septembre. Le soir quand il était désespéré, il s'en allait sous le pont Neuf et, seul, recroquevillé contre la digue, les yeux rivés sur l'eau de la

Garonne, il attendait le joueur de saxophone. Il venait de temps en temps et quand celui-ci lâchait son ruban de notes sur les voûtes musiciennes, il fermait les yeux et il essayait de capter les images floues que cette musique déclenchait en lui. Malgré ça la maille de ses souvenirs résistait et il s'en revenait toujours déçu.

Comme d'habitude, les toilettes étaient encombrées. Il n'était pas le seul à utiliser l'endroit pour salle de bain. Il n'osait rien dire. A peine un inaudible bonjour qui s'échappait d'entre ses lèvres. Il n'était pas communicatif. Ce brouillard l'embrumait, l'empêchait de parler, d'échanger des banalités à propos de tout et de rien. Mais pour avoir ce genre de rapport encore fallait-il se souvenir des discussions passées ! Pourtant, quelques-uns lui adressaient la parole comme s'ils le connaissaient de longue date, comme s'ils avaient partagé souvent cette intimité de lavabos. Comme à l'ordinaire, c'était le trou noir... A peine s'il se souvenait le début d'une phrase au fur et à mesure qu'il parlait. Aussi ne possédant pas de repères sur aucun de ces personnages quotidiens, il s'enfermait dans une prudence de paroles qui le faisait passer pour un demeuré. Mais qu'importe !

Le visage débarbouillé, la barbe peignée, la bouche rincée, il rangea sa brosse à dents dans une de ses poches et se dirigea vers la sortie.

Dehors, le dos contre le mur, une gamine était assise sur le trottoir, baignée par le soleil de cette nouvelle et chaude journée d'automne. Elle n'avait pas plus de dix ans ; son visage baigné par la lumière était encadré par des cheveux embroussaillés et frisés, qui retombaient en cascade. Elle avait un très joli minois effronté, d'immenses yeux sombres et tristes, et elle fixait une boite d'allumettes, posée devant elle, sur laquelle il y avait une pièce blanche et dorée.

Il eut droit au plus magnifique des sourires mais elle n'avait pas réalisé qu'il n'avait rien à offrir. Comme elle, il n'était qu'un pauvre mendiant, un va-nu-pieds, un moins que rien. Honteux, le SDF se détourna et accéléra le pas vers son désœuvrement habituel.

Le lendemain fut différent... La nuit avait été désastreuse. Il n'avait pas dormi. Ce fut avec peine, ce matin-là, qu'il poussa sa carcasse abîmée le long du canal. Pour se remettre des ses courbatures, de son lancinant mal de tête, le vagabond s'assit sur le premier banc venu dans le but de philosopher sur la couleur de l'eau immobile. A trois mètres, lovée dans la racine d'un platane citadin, la petite gitane de la veille offrait, avec impudeur et innocence son sommeil dénudé. Un sportif matinal passa en courant, le walkman boulonné sur les oreilles, les lunettes de soleil vissées sur son nez cramoisi. Sans un regard pour la fillette.

L'amnésique la contempla sans oser la réveiller. Soudainement enfermé dans une bulle nostalgique, il se plût à imaginer que dans une autre vie, il avait peut-être tenu sur ses genoux, un petit être semblable à celui-ci.Une brise légère balaya la surface de l'eau, souleva quelques feuilles mortes, cuites par le soleil et frôla les mèches folles qui s'épanouissaient en rondelettes sur le front de la fillette. Elle ouvrit les yeux et son premier regard accrocha le sien.

- Bonjour papa ! Ce que j'ai dormi...

Il ouvrit la bouche, puis la referma aussitôt. Il fut incapable de répondre avec intelligence. Elle possédait un drôle d'accent. Ce mot « papa » ce mot magique et décalé dans la bouche de cette petite inconnue, avait sonné d'une étrange manière.

La petite fille rajusta sa jupe crasseuse et les genoux ayant retrouvé un semblant de pudeur, elle répéta doucement ce mot bizarre :

- Papa !

Il lui tendit la main. Sans avoir encore prononcé un mot. Elle s'y suspendit et d'une tirade il la souleva du sol. C'était un bout de femme. Il ne l'avait vue qu'assise sur le devant de la gare. Face à sa longue dégaine, la gamine parût encore plus petite. Le menton volontaire, le cou tendu vers une réponse qui n'arrivait pas, il pensa qu'elle attendait qu'il prenne l'initiative. Alors il lui répondit :

- Viens avec moi ! Il faut se laver. Nous n'avons pas de chez nous mais ce n'est pas une raison pour vivre dans la saleté.

Elle acquiesça et logea sa menotte dans la sienne. Abasourdi, il l'entraîna se refusant à toute explication. Le prenait-elle pour son père ? Jouait-elle ? Ou avait-il retrouvé une fille dont il ignorait l'existence ?

La gare regorgeait de monde mais un lavabo était disponible. Devant l'entrée, la petite lâcha sa main et lui dit :

- Ici, ce sont les hommes !

C'était vrai. Il avait oublié la différence. Il se poussa donc et, avec l'arrogance d'une petite merdeuse, elle le toisa de haut en bas avant de filer vers le côté femme. Cette fois-ci, il expédia son nettoyage et revint aussitôt se poster pour guetter sa sortie. Mais elle était déjà dehors. Elle s'était juste passé un peu d'eau sur le visage ; son nez brillait encore de cette timide humidité. Adossée contre le mur, la petite boite d'allumettes posée devant ses pieds, avec une attitude adéquate, tête penchée, triste à faire pleurer, elle mendiait. Une dame, le dos voûté par l'arthrose s'arrêta et n'eut point besoin de trop se pencher pour déposer son obole sur la boite en carton. Dès que cette âme charitable eut le dos tourné, la petite sauvageonne retrouva sa vivacité et empocha vivement le billet dans un sac de toile qu'elle avait autour de son cou, sous l'encolure de sa robe.

- Papa, nous pouvons déjeuner ! J'en ai assez.

Subjugué, il se laissa entraîner par cet ange. Comme un père et sa fille en voyage ils s'installèrent dans un troquet rue Bayard. Elle commanda un chocolat et deux croissants. Le serveur leur apporta la commande et la fillette se jeta sur les viennoiseries encore chaudes. Devant sa tasse de café à laquelle il ne toucha pas le vagabond regarda avec curiosité la fillette qui mangeait avec l'appétit de sa jeunesse.

Quand elle eut englouti son deuxième croissant il but une gorgée de son café et patiemment attendit qu'elle prenne enfin la parole. Il réalisa une nouvelle fois qu'il avait oublié comment il l'avait rencontrée, et pourquoi il était attablé avec elle dans ce café bruyant.

- Papa, tu devrais t'acheter d'autres vêtements. Ceux-là sont trop moches…

Il répondit qu'elle avait raison mais il lui dit qu'il n'avait rien. Son dernier repas, provenait de la poubelle d'une boulangerie. Il l'avait partagé avec une vieille pocharde qui n'arrivait pas à la hauteur du couvercle. Sa mémoire n'avait pas zappé ce détail car celle-ci demeurait curieusement sélective. Notamment pour ceux liés à son estomac qu'il n'oubliait jamais. Il n'avait pas d'argent car il ne savait pas taper la manche. Il avait pourtant essayé mais personne ne lui donnait rien.

Elle éclata de rire.

- Ce n'est pas étonnant. Tu es trop vieux ! Tu ferais presque peur.
- Pourtant je me débarbouille tous les jours.
- Ce n'est pas suffisant, répondit-elle. Mais c'est surtout qu'il y a trop de misère dans cette ville. Pour mendier, il faut un chien ou un enfant.

Il fut accablé devant autant de vérité. Le monde dans lequel il tentait de survivre était-il si insensible ?

- Viens ! Tu vas voir… Il nous faut un peu plus pour t'acheter des vêtements.

Elle se faufila sur le trottoir comme une anguille à travers les jambes des passants. Il eut du mal à la suivre. Devant le marché Victor Hugo, elle lui dit :

- C'est là qu'il faut se mettre. Allez, assieds-toi !

Comme il ne bougeait pas elle le tira vers le sol, l'agrippant par la manche. Devant sa résistance et sa répugnance à s'asseoir sur le trottoir, ultime étape de sa déchéance, elle s'énerva. Alors, contre sa nature, il obtempéra. Mal assis sur ses longues jambes qu'il avait du mal à plier, il sentait la honte campée sur son front. Ses yeux braqués sur les semelles des passants, il n'osait plus lever le nez. La petite boite d'allumettes était posée devant eux.

Pour échapper à cette situation déshonorante, il ferma les yeux et fit semblant de dormir. La petite friponne en profita pour se couler immédiatement dans ses bras et posa sa jolie tête sur son épaule. Il se demanda si elle simulait le sommeil. Mais il joua le jeu faisant attention de ne plus bouger tandis que la monnaie tombait de temps à autre dans la boite d'allumettes. Le cliquetis qui accompagnait l'offrande des pièces semblait générer une esquisse de sourire sur la joue rosie de la petite fille. Mais il devait se tromper car elle paraissait roupiller comme un loir.

Ils demeurèrent ainsi toute la matinée. Il était ankylosé mais tenir cette adorable gamine contre lui était une résurrection. Il y avait quelques heures il n'était qu'un zéro suivi d'autres zéros. Maintenant il était comme un père et il s'inquiétait déjà pour ce bout de chou. Pourtant c'était elle qui dirigeait sa vie depuis le matin. Malgré le mal au cul qu'il avait sur ce trottoir de merde, il remercia le dieu des bonnes gens, en faisant la gueule au sien qui l'avait laissé tomber. Il pria pour que le temps s'immobilise. Pour rester ainsi le plus longtemps possible.

Quand elle décida qu'il était temps d'arrêter, la fillette bougea et sauta lestement sur ses pieds. Il voulut en faire autant mais il grimaça de douleur. Son dos était complètement ankylosé. Au prix d'un gigantesque effort il parvint quand même à se relever. La boite d'allumettes était pleine et un tapis de pièces brillait tout autour. Il n'y avait plus qu'à les ramasser.

Sa fille, puisque il en était ainsi, ayant rempli ses poches de l'argent ramassé, annonça de sa petite voix décidée :

- Dépêchons-nous ! Il est encore temps. Nous trouverons des habits aux puces. Chez les gitans…

Elle avait encore raison. C'était dimanche.

Tout autour de la basilique Saint-Sernin le monde grouillait. Il eut peur de perdre la môme mais devinant son appréhension elle s'empara de sa main et le guida avec autorité à travers la foule. Une montagne de vêtements multicolores sur un étal en bois attestait bien que l'on était arrivé chez les gitans. C'était un fouillis inextricable de pantalons, de vestes usagées, de pulls, de chemises, de chaussures qui soudain se dressa devant eux. C'était le coin de la fripe pour les démunis, pour les sans-le-sou, pour les radins, et aussi pour les chercheurs obsessionnels de la fameuse bonne affaire à n'importe quel prix. Devant un tas de godasses féminines, amoncelé sur une autre remorque, dans un enchevêtrement inextricable de lanières, il réalisa qu'il ne connaissait pas le nom de la pitchoune. Il lui demanda :

- Comment t'appelles-tu ?
- Espé !
- C'est un nom, ça ?

Elle lui répondit :
- Enfile ce pantalon !

Tant bien que mal, et se cachant derrière un rideau improvisé, il s'habilla suivant la fantaisie de la fillette. Le vendeur, un gros type à moustache, certain de tenir un bon client, était hilare. Il leur vendit en un rien de temps un jean, une chemise, un pull-over, des pompes et même une parka en prévision du mauvais temps. Royale, Espé tendit l'argent puis l'entraîna vers d'autres déballages. Elle était curieuse de n'importe quoi, touchait tout ce qu'elle pouvait, elle riait aux éclats, racontait des bêtises et finit même par lui faire oublier sa condition de pauvre type.

Il frôla alors, en cette matinée, sans le réaliser vraiment, un instant de bonheur total.

Sur la toile d'un brocanteur, par une obscure raison, un objet rouge attira son attention. Il s'agissait d'un vieil accordéon. Espé l'avait vu aussi mais comme rien ne lui échappait elle avait surtout remarqué l'attitude de chien à l'arrêt de son ami.

Le vendeur qui avait croisé le regard d'envie de ce drôle de passant attrapa l'instrument et le lui tendit. Dans une facilité de geste dont il ignorait l'origine il s'en saisit.

Étrangement ses doigts s'emparèrent alors des touches avec une avidité déconcertante. Une mélodie plaintive s'éleva soudain, hésitante, puis elle s'enroula autour d'un souvenir. Celui du d'une vieille femme revêche qui obligeait un jeune garçon pâlot à réciter une page de solfège.
- Ta mémoire a oublié ta vie, lui dit Espé mais pas ta musique. Chacun en possède une. Moi c'est la guitare. Je ne sais pas en jouer mais je sais que c'est la guitare. Toi c'est l'accordéon et tu ne le savais pas.

Elle parlait comme une adulte et il ne s'en étonnait pas. Elle quémanda le prix de l'instrument. C'était beaucoup d'argent… Comme une petite bourrique obstinée qu'elle était, elle vida son sac, ses poches, et convainquit le brocanteur de le réserver. Elle promit de revenir chaque dimanche pour donner un peu plus.
- C'est pour mon père, expliqua-t-elle. C'est le plus grand joueur d'accordéon de la terre. Mais il ne le sait pas encore. Il a perdu la boule. Mais bientôt tu le verras à la télévision.

Elle était intarissable. Déjà quelques curieux tendaient l'oreille. Elle l'avait dit et elle le fit.
Chaque dimanche matin, ils vinrent verser une partie de leur mendicité. Ils finirent par régler la totalité. La mémoire ne lui était pas revenue, mais il avait pris l'habitude, à chacune de leurs visites de s'asseoir dans un coin et de tester son futur compagnon. Il jouait ainsi des airs merveilleux qui lui sortaient de l'intérieur, qui passaient directement du cœur aux doigts, et qui ravissaient les passants. Bien entendu, Espé n'oubliait pas de déposer sa boite et de récupérer les pièces qui tombaient. Un jour elle lui confia :
- Tu vois pour mendier, il faut un chien, un enfant mais un accordéon c'est bien aussi.

Cela faisait presque trois années de cela.

Il avait fini par décrocher des contrats dans des restaurants. Il avait animé des spectacles pour les enfants. Il avait participé à des manifestations culturelles et avait tourné ainsi dans tout Midi-Pyrénées.

Il savait aussi comment il s'appelait mais il n'avait pas retrouvé ni la mémoire, ni même un morceau de famille. Il paraissait qu'il était tchèque et que il avait vécu un bout de temps à Paris. Par contre, il avouait volontiers que maintenant il s'en fichait. La prédilection d'Espé s'était même réalisée. Il était passé une fois à la télé.

Néanmoins, dès qu'il avait du temps de libre, il jouait encore dans les carrefours de la ville. Il changeait souvent d'endroit. La raison était simple et cruelle.

Une année après l'achat de l'accordéon, des officiels étaient venus frapper à sa porte. Il occupait une chambre vétuste rue de la Colombette avec la petite. Ils lui avaient enlevé sa fille, son Espé, malgré ses hurlements et ses supplications.

Les gendarmes l'avaient amené au poste comme un voleur. Durement, l'officier lui avait expliqué qu'il ne pouvait pas la garder. Elle fut placée dans une famille d'accueil et on le pria de rentrer chez lui en s'estimant heureux que personne ne porte plainte pour détournement de mineure. Depuis ce jour maudit il ignorait son adresse.

C'était pour cette raison qu'il jouait dans les carrefours. Il la cherchait derrière les pare-brises des voitures. Il savait qu'un jour elle entendrait sa musique et qu'il la reverrait. Dès qu'elle serait en âge de quitter sa famille d'accueil, dès qu'elle serait en âge de jouer de la guitare.

Et ce jour-là, c'était certain, ils retourneraient à Saint-Sernin. Ils iraient voir leur ami le brocanteur. Il jouerait alors pour elle cette musique qui lui venait d'un passé qui ne voulait plus de lui mais qui lui avait laissé ce tourbillon de notes, de blanches, de noires, de croches pour meubler le silence de son ancienne vie.

La boite de nuit

La foule de ce samedi qui grouillait et qui bougeait lui donnait le vertige. Les centaines de regards qu'il croisait conservaient leur secret. Pourtant il aurait aimé pénétrer à l'intérieur de ces vies inconnues. Lire dans la pensée des autres. Des centaines de visages, avec des yeux bleus, des yeux amandes, des yeux noirs, des yeux tristes, des yeux rieurs, des yeux indifférents, les plus nombreux, des yeux parfois à demander pardon.

Arnaud était devant un passage clouté. Le feu vert lui donna l'autorisation de traverser. La fille qui venait en face était sublime. Puis elle le croisa en le frôlant. Au passage il respira cette odeur de femme parfumée. Combien d'inconnues avait-il croisées durant sa putain de vie ? Combien de carrefours avait-pris dans le mauvais sens ?

Pourquoi ne pas tenter de rencontrer quelqu'un ce soir ? pensa-t-il. Bien sûr, elle ne serait pas aussi belle car il n'avait pas les moyens de rêver si haut. Il se retourna sur l'inconnue mais elle avait disparu dans la foule. Elle n'était plus qu'une nouvelle image pour la revue porno de ses fantasmes.

Ce samedi promettait d'être long et il ne tenait pas à rentrer. Chez le Père Léon, il avala vite fait un jambon fromage, passa l'après-midi dans les boutiques de fringues, puis vers les dix-huit heures, il retourna au Club de l'Homme où il s'était offert un pantalon, une ceinture, une chemise et une cravate en soie. L'ourlet avait été fait et les manches de la chemise avaient été raccourcies. C'était son défaut : il avait les bras trop courts. Le vendeur lui avait fait remarquer aimablement que le délai pour les retouches était de trois jours et qu'il avait eu beaucoup de chance d'avoir été livré dans la journée. Mais comme avait dit le patron : « Le client est roi et si tu veux faire la vente pour celui-là, il faut en passer par là ! »

En prévision de son projet nocturne il se changea dans le salon d'essayage et demanda au vendeur excédé, qu'il veuille bien garder jusqu'à la semaine prochaine ses anciens vêtements.

En sortant, chez Denille, rue des Tourneurs, il aperçut dans la vitrine une veste croisée qu'il n'avait pas remarquée. Il rentra et voulut l'essayer. Elle tombait à merveille. Le vendeur affirma que c'était du dernier cri. Alors, se dit-il pourquoi ne pas se laisser faire encore une fois ! Avec la pochette outrageusement violette pour panacher le tout, il sortit ruiné du magasin. Mais la connerie le tenait et il savait qu'il irait jusqu'au bout.

Un peu plus tard, l'apéritif solitaire qu'il s'offrit, accoudé au bar d'un café dégueulant de conversations croisées et de musique, n'altéra aucunement son moral. Dans la foulée, revenu chez le Père Léon, il commanda un croque-monsieur et un ballon de vin blanc sec. Une portion de tarte tatin qu'il doubla sans aucun remord après avoir englouti la première trop maigrichonne et un bon café là-dessus, clôturèrent enfin ce succulent repas.

Il s'en alla tout ragaillardi et ne sachant quoi faire pour tuer le temps, il s'en remit au hasard et déambula jusqu'à minuit entre Wilson et place du Capitole

Le terme de sa longue errance citadine se termina devant une boite de nuit, perdue au fin fond d'une ruelle perpendiculaire à la rue Saint Rome. Un collègue du ministère lui avait indiqué l'adresse. Lors de confidences masculines, sous le couvert d'un apéro pastis, cet ami lui avait certifié, mordicus, que dans cet antre privilégié il y avait des filles faciles à séduire.

Arnaud avait besoin de cela pour se rassurer.

Il s'enfonça dans un sombre couloir aux murs tagués et prit un escalier qui descendait dans une cave voûtée. Le carrelage était noir et accentuait le côté lugubre du lieu. C'était une descente aux enfers. Mais il s'en fichait... Ce soir il était capable de se vendre au diable. Les toilettes furent une première étape.

Devant le miroir ébréché, sali par les regards vitreux qui sans cesse venaient s'y scotcher Arnaud se donna un dernier coup de peigne dans une tentative désespérée pour se donner un faux air de séducteur. La glace lui renvoya l'image d'un garçon aux yeux tristes, encore jeune d'âge. Dégoûté il rangea son peigne. Ses cheveux refusaient toute coopération, et accentuaient son désir de révolte, son désir de coucherie. Il était décidé, voulait aller au fond de sa lucide envie.

Les soirées silencieuses, solitaires, il voulait les oublier.

Cette cave profonde à ses yeux mal famée paraissait remplie de jeunes femmes pas compliquées d'esprit et qui pour se coucher ne demandaient aucun prix. C'était la première que dans un tel lieu il pénétrait et il se fit tout petit. Coincé dans les vibrations étourdissantes de la sono il fut cloué contre un pilier à quelques mètres du bar. La musique était démente.

Il se sentit submergé par l'ambiance oppressante. La fumée et l'odeur de tabac qui flottaient partout le dérangea. L'éclairage tamisé ainsi que les premiers regards croisés électrisèrent sa motivation. Après la dernière gorgée d'un whisky double, il respirait maintenant une certaine décontraction. Autour des tables, sur les banquettes rouges, il discernait dans la pénombre des silhouettes aux cheveux longs, des femmes qui cachaient le mystère de leur vie sous la complicité des éclairages vacillants.

Les jeunes femmes sur la piste ondulaient des hanches au son des tubes à la mode, conscientes de tous les regards caressants et fiévreux de ces homme célibataires pour un soir. Tels des rats guettant dans la rue à la nuit tombée ils attendaient et espéraient qu'une d'elles tombe dans leurs bras dès le premier slow.

La cigarette aux lèvres, perdu parmi cette cohue d'individus, il chercha sans vergogne une fille pour l'inviter à se pendre à son cou. Il était ivre et quand il avança, Arnaud eut la sensation de ne plus être lui-même.

N'étant pas difficile sur le choix des femelles, il débusqua très vite une blonde incendiaire. Le sourire facile, la jupe au ras des cuisses, les yeux noyés, trop maquillés, le corsage défait et les ongles barbouillés. Sensible à ce tableau prometteur, il fixa sur elle un regard inquisiteur. Et lui décocha un sourire gêné. Plutôt une grimace…

La batterie se tut. Une chanson langoureuse d'un vieux tube anglais annonça officiellement que la chasse à la femme était déclarée ouverte.
Esseulée devant un verre vide qui attendait une bouteille amie, cette fine découverte devina le manège grossier dont elle était l'objet. D'un regard limpide, elle lui affirma qu'elle était prête pour une prochaine danse. Ses grands yeux regardèrent ce jeune homme timide mais résolu. Elle bâtit des paupières et sans la moindre manière elle se leva et se dirigea vers la piste bondée.
La jeune femme enroula ses bras autour de son cou et ventouse parfumée, elle se colla contre lui. Sa douce et grosse poitrine s'écrasa contre sa veste et la légèreté de la robe eut tôt fait de le faire fantasmer.

Ses jambes se frottèrent, se lovèrent aux siennes. La musique était obsédante à souhait. Arnaud tremblait. Il était lamentable. Malgré cela, le nez perdu dans les cheveux de sa cavalière, déjà si câline, il s'arma de courage. Il libéra sa main qui partit à la recherche dans le creux des reins, dans les plis de cette jupe provocante et si moulante. Elle s'infiltra sous la toile, elle caressa, palpa, griffa, étudia toutes les possibilités de cette peau nue, de ce vrai corps d'étoile qui ne demandait qu'à briller. Juste pour une nuit. Juste pour une heure.

La fille vibra. Ses ongles s'enfoncèrent. Elle s'agrippa, chercha la bouche de son cavalier. Ses lèvres étaient gonflées, pleines de fièvre, entrouvertes. Ce baiser conquérant surprit Arnaud. Il ne l'attendait pas si tôt. Peut-être cherchai-t-elle quelqu'un à oublier, pensa-t-il brusquement ? C'était sans doute pour cette raison, continua-t-il dans sa cogitation, qu'elle n'avait pas fait de difficulté pour aller avec lui. D'habitude il se prenait veste sur veste. Il se dit qu'après tout c'était son jour de chance. Et lui ou un autre, il valait mieux que ce soit lui.

Toutefois cette idée peu flatteuse de sa personne fit vaciller quelque peu son orgueil.

Sa main était impatiente. Elle chercha à s'emparer du sein de la jeune femme. Un sein qui débordait d'un soutien-gorge trop échancré. Cette caresse osée prouvait qu'il était capable à son tour de prendre des initiatives. Il était dans un processus qui l'entraînait dans un monde qu'il ne connaissait pas. Lorsqu'un timide dépasse la frontière de ses doutes plus rien ne l'arrête. La fille était d'un tempérament libéré. Elle se laissa peloter devant les autres couples. Arnaud ne se contrôlait plus et avait oublié qu'il était sur une piste de danse. Elle dut le ramener à la raison en gigotant pour échapper à son étreinte.

Reprenant ses esprits, la voix cassée, il proposa alors de faire une trouée parmi les couples. D'aller s'asseoir à côté, dans une pièce qu'il avait repérée. Une pièce sombre. Un endroit discret, plus approprié pour flirter, pour se découvrir.

Ils dénichèrent dans l'obscurité un des derniers fauteuils de libre. Il y avait du monde et ils se blottirent l'un contre l'autre. Arnaud effleura du bout des doigts les longues jambes de sa partenaire. Il explora ce corps alangui pareil à un serpent mouvant. Il était conscient de sa brusquerie, de sa rapidité. Toutefois elle donnait l'impression d'aimer ça. Elle attisait le feu de son désir et il savait que ce jeu ne pourrait pas durer une éternité.

S'il voulait garder son avantage il devait provoquer le destin. C'était une situation simple. S'il voulait conclure coûte que coûte il devait agir vite. Il se connaissait bien. Sinon, il risquait de la laisser et de retourner chez lui.

Crûment, puisque c'était la règle, il lui proposa de partir. Chez elle ? Oui ! souffla-t-elle dans son oreille.

Elle habitait un studio.

Des centaines de regards. Une multitude d'yeux collés sur la tapisserie grise. Cette décoration bizarre procurait une étrange impression. Des regards découpés au hasard des journaux, des posters, des photographies. Il était tombé chez une maniaque du découpage. Que cherchait-elle dans ces personnages célèbres ou anonymes ? Se dit-il coincé entre un fauteuil Louis XIV, une commode et un verre à la main. Les lumières de la pièce étaient moins flatteuses que celles de la boite.

Malgré les cheveux de Marilyn, le rouge à lèvres, les formes de Marilyn, elle ne lui ressemblait en rien.
Arnaud eut cette pensée que l'investissement dans le verre de whisky serait vite rentabilisé. Le copain qui lui avait donné ce fichu tuyau ne s'était pas trompé. Il ne regrettait pas non plus son deuxième conseil : pochette, veste de frimeur. Une certaine catégorie de femme se laissait prendre à ce leurre vestimentaire. Mais il n'était ni docteur, ni avocat, ni fils de bonne famille. Il y avait tromperie sur la marchandise mais, à vrai dire, Arnaud s'en fichait carrément. Il haussa les épaules et avala d'un trait son Martini pour s'en resservit un autre.

La jeune femme venait de mettre un vinyle. C'était parti ! Il se leva et l'attira contre lui. Ils firent semblant de danser mais lui pensait déjà à autre chose. Elle essaya de lui parler, mais goujat jusqu'au bout, il s'empara de sa bouche, de sa langue pour un baiser dominateur. Tant d'audace et cela marchait ! pensa-t-il en même temps. Il ne se reconnaissait plus. Puis doucement elle se laissa guider vers le canapé.
Elle ne mit pas longtemps pour être toute nue.

Les deux corps lentement s'apprécièrent. Contre toute attente, il l'aima doucement. Il la tenait à sa merci. Jusqu'à ce que leurs ventres et dans un même élan, agitation suprême, éclatent dans une extase brûlante, extase de théâtre, moitié simulée, moitié réalité.

Plus tard, un taxi vint le chercher. Il était seul sur le siège froid à l'arrière de la voiture qui mangeait le goudron de la nuit. Sa solitude s'était amusée. Il lui souhaita le bonsoir avant de se coucher.

Simone. C'était son prénom. Elle était venue dans ce club privé avec la même hargne, la même tristesse. Juste pour embarquer un homme. Petite vendeuse chez Monoprix plaquée combien de fois ?

Dans le train de Toulouse

Le battement lancinant des roues sur la voie, le balancement du wagon, l'obscurité dans les compartiments endormis, la moiteur de cette chaude nuit d'été, le mystère des longs couloirs vides, déclenchèrent sans qu'elle y prenne garde les symptômes de son imagination, de son excitation, de sa formidable envie de faire l'amour.
Elle s'enfonça dans le moelleux fauteuil de première classe et tira la dernière bouffée de sa cigarette, la dernière du paquet.

Manaella regarda à l'extérieur. Le paysage défilait, morne, en noir et gris, sans aucun intérêt. Paris était loin. Elle ne devait arriver qu'au petit matin. Il n'était pas question d'aller dormir dans la couchette que sa société avait réservée avec la meilleure intention du monde. Son patron, cet homme charmant, pouvait-il connaître l'effet profond que lui faisait un train la nuit ?

Elle se redressa et se cambra sur son siège en faisant jaillir en avant son éblouissante poitrine. Statufiée dans cette position de nymphe, elle chercha dans le reflet de la vitre, de sa beauté peu commune, cette satisfaction orgueilleuse qui la poussait parfois vers des chemins dangereux. Elle était incapable d'en repousser l'appel. Elle déboutonna les premiers boutons de son chemisier rouge, en soie sauvage, et elle chercha dans le miroir de la nuit, l'approbation de la magnificence de ses trente-deux printemps.
Elle s'octroya un soupir de satisfaction. Dans un haussement d'épaules, du bout de son index d'un rouge carminé, Manaella fit sauter le troisième rempart de nacre, libérant ainsi davantage de chair satinée, en prévision du regard d'un éventuel voyageur qu'elle risquait de rencontrer dans les entrailles d'acier de ce train qui filait dans la nuit.

Elle se tourna légèrement vers la gauche et croisa les jambes en tirant sensiblement sur la jupe moulante de son tailleur noir en crêpe de chine. Le crissement de ses bas accéléra le cinéma de ses idées exacerbées. Certains souvenirs brûlants l'emportèrent au-delà des limites temporelles du compartiment où elle était, pour l'heure, l'unique passagère.

Soudain le déchirement d'une sirène, le tapage d'un train fou qui les croisait la fit sursauter. Son sourire disparût pour donner place à une moue frustrée.

Le wagon retrouva un semblant de tranquillité, juste troublé par la musique lancinante des roues de ferraille qui déchiraient les rails. Manaella passa sa main, en remontant le long de sa cuisse dans une caresse solitaire, jusqu'à la hauteur de son sac en croco qu'elle tenait serré le long de sa hanche droite.

Elle observa sa jupe retroussée jusqu'aux limites extrêmes des porte-jarretelles. Puis comme à regret, avec les mêmes gestes mesurés, elle tira dessus pour la ramener à une position plus autorisée et beaucoup plus normale pour ladite morale, cette morale qui n'était pas la sienne car elle était tout le contraire malgré ses airs comme il faut... Elle se leva et faillit perdre l'équilibre. Ses talons aiguilles étaient hauts. Mais la cambrure de ses jambes, la torture à laquelle elle se soumettait avec une ferveur libertine, était le prix à payer pour séduire, pour le plaisir raffiné et rare dont elle se sentait l'égérie quand elle voyageait en train.

Elle se saisit de son sac à main qu'elle accrocha à son épaule et la veste de son tailleur sous le bras, elle quitta cet endroit où elle était décidément trop seule. Débarrassée de sa veste et de son sac dans le placard de sa couchette, Manaella ne conserva à la main que son briquet en or. Manière d'avoir une contenance. Manière d'aborder quelqu'un. De lui demander une cigarette. Elle fit une dizaine de pas et sous l'emprise d'une impulsion subite, s'en retourna dans sa cabine. Fébrilement, elle se défit de son chemisier, arracha sans ménagement son soutien gorge qu'elle jeta sur sa couchette. Puis avec les mêmes gestes, elle extirpa l'attirail intime de sa séduction, sa culotte et la rangea de la même manière.

Son être se consumait... La chaleur mouillait la peau de son visage, de son ventre, de ses jambes, d'une pellicule parfumée par l'odeur de sa chair, du parfum Gautier et par la transpiration des parties intimes de son corps transfiguré. La jeune femme se redressa et se cambra à nouveau. Ses seins arrogants et lourds se durcirent instantanément mais leur galbe demeura invisible tant la soie était belle, tant la soie était lourde.

Alors une idée germa, prit corps rapidement. Elle enleva son chemiser, le trempa sous l'eau du lavabo puis se rhabilla. Son visage s'éclaira alors d'une satisfaction savoureuse, piquée d'un brin d'innocence perverse.

La soie mouillée collait à la peau et, toute régalée de ce bien-être, elle admira dans la glace ce modèle de perfection. Son ventre et ses seins se dessinaient dans une nudité parfaite. La provocation de son geste déclencha avec force l'envol de ses sens. Elle faillit jouir et fut obligée de s'agripper à la barre de cuivre pour éviter de tomber.

Puis Manaella s'aventura dans le couloir.

Le premier wagon était occupé par des jeunes militaires, tondus comme des bagnards, qui ronflaient, vautrés les uns contre les autres, les chaussures abandonnées parmi des canettes de bière vides, dégageant des odeurs de chaussettes nauséabondes. Elle s'esquiva dégoûtée.

Le deuxième wagon cachait un beau couple d'une quarantaine d'années. Leur compartiment était éteint. L'homme, grisonnant, conservait un physique agréable et tenait dans ses bras une femme endormie. Elle était blonde comme une publicité, ronde comme une autre publicité, rose comme un bonbon parfumé. Sa robe déboutonnée dévoilait une belle jambe, abandonnée, sans collant ni chaussures. Manella s'attarda à les contempler puis, sous le regard curieux du mari, elle adressa un discret signe de la main et poursuivit son chemin.

Ensuite c'était le wagon restaurant, avec la cabine des deux employés de service qui dormaient. Elle se demanda toutefois si elle ne les réveillerait pas si aucune rencontre intéressante ne se profilait le long des couloirs, si elle ne trouvait personne à qui demander une cigarette.

Le quatrième wagon était vide, sans éclairage. Une panne sans doute, pensa-t-elle. Dans le silence bruyant du train qui glissait sur les rails elle avança encore, attentive aux pulsations de son cœur qui n'attendait qu'une occasion pour s'emballer.

Quand elle parvint au début du cinquième, elle vit un homme qui lui tournait le dos. Il fumait nonchalamment appuyé à la fenêtre ouverte, pour lutter contre l'étouffement de l'ambiance oppressée de cette nuit torride. Devinant sa présence, il tourna la tête. L'homme d'une trentaine d'année, peut-être plus, était de la beauté sur laquelle le temps hésite ; ses cheveux noirs, bouclés sur le front, étaient un poil trop longs, à deux doigts de la coupe des ciseaux . Ses yeux indéfinissables, par manque de clarté, s'étaient arrondis imperceptiblement sous la surprise. Une petite cicatrice décorait sa joue gauche et lui décernait, heureusement, la petite touche de virilité qui manquait à son visage efféminé…Dans la semi-obscurité du lieu il lui sembla qu'il la détaillait avec une certaine assurance. Elle s'approcha en ondulant et stoppa à quelques pas de sa grande carcasse. S'il fut étonné de voir une femme si belle, si irréelle, sortir de ce voyage pénible, de ce trou noir, il n'en montra rien.

- Mais vous êtes toute mouillée ! Votre chemisier est trempé.
- Je sais. Je l'ai fait exprès... J'avais chaud.

Elle rajouta le fixant droit dans les yeux :
- Et j'aime que l'on puisse voir mes seins.
- Alors dans ce cas, permettez-moi, mademoiselle, de vous dire que je les trouve superbes.

Puis se fouillant aussitôt il dénicha prestement son paquet de cigarettes.

- Vous avez un briquet à la main... Tenez ! C'est cela que vous cherchez n'est-ce pas ?

Manaella ne répondit rien. Elle extirpa une longue cigarette du paquet que l'inconnu tendait, et l'alluma d'un clic autoritaire. La fumée, ce plaisir, ce poison, se répandit dans ses poumons. Sous l'emprise de son désir qui montait en puissance, la jeune femme profita de l'opportunité pour gonfler son buste, pour mettre en valeur sa colline de chair qui se tendait sous le tissu. Et, fille maligne, elle fit durer cette inspiration jusqu'au bout de sa résistance. Puis, elle rejeta du bout des lèvres son nuage, sous le nez de l'homme qui la fixait d'un air moqueur.

- Vous devriez ouvrir un bouton de plus.
- Vous croyez ?

Sans se démonter, il poursuivit :
- Ce serait mieux... J'aurais alors la chance d'admirer ce que vous avez tant de mal à cacher. Je n'ai jamais vu quelqu'un respirer avec tant de conviction.

Manaella fit un faux geste de protestation. Elle obtempéra en minaudant avant que cette discussion irréelle ne retombe dans la banalité, comme un soufflet mal programmé. La complicité qui les avait déjà unis dans ce préliminaire oral, dans cette joute sexuelle, pour un plaisir sauvage, un plaisir de braise, ne devait pas s'éteindre.

Elle gloussa avec un soupçon de victoire :
- C'est bien pour vous faire plaisir !

Du bout de l'ongle sur lequel était vissé un diamant, elle fit sauter le cinquième bouton. De ce fait, plus à l'aise, elle tira une autre bouffée en aspirant la fumée jusqu'à la limite de sa capacité pulmonaire. Cependant les seins, toujours tendus sous la soie mouillée, durcis par l'excitation, restaient prisonniers du chemisier à l'image d'une forteresse imprenable.

La gorge enrouée, l'homme proposa :
- Je pense que le dernier bouton gêne aussi !

Manaella, toujours redressée, se colla contre lui et chuchota en arrondissant ses grosses lèvres pulpeuses :
- Enlève-le toi-même !

Le contrôleur entra.
Il le fixa sans comprendre. Ensuite, il réalisa où il était…

Il abandonna Manaella au moment le plus intéressant. Mais il resta cependant aimable avec l'homme à la casquette. Il savait pertinemment que la belle du train ne passerait à l'offensive qu'en sa présence. L'avantage du fantasme c'était que l'on pouvait mettre sur pause, pour reprendre plus tard. L'employé lui rendit son billet et réclama à sa voisine le sien. Elle le lui tendit sans un mot, sans le regarder, comme s'il était invisible, comme s'il n'y avait eu qu'une main suspendue dans l'espace.

Cette personne avait le fin visage de Manaella, le chemisier de Manaella, les seins de Manaella. Depuis deux heures, elle fixait le paysage qui défilait. Dans quels chemins les pensées de cette femme vagabondaient-elles ? L'avait-elle emprunté, comme lui venait de le faire, pour jouer un rôle quelconque dans son rêve ? A condition que cette inconnue soit aussi une adepte du rêve. Mais il en doutait. Peut-être avait-elle d'autres choses à penser, plus terre à terre. En outre il n'avait pas le physique pour tenir un tel rôle. Le contrôleur avait filé en tirant avec soin la porte derrière lui. Ils étaient seuls et le train reprenait, de plus belle, sa route. Les cliquetis réguliers des roues sur le métal bercèrent à nouveau sa paresse congénitale.

« Enlève-le toi-même ! »
Il se concentra mais son lecteur cérébral était bloqué. Qui était-elle ? Une bourgeoise ? Sa jupe longue était serrée jusqu'aux chevilles et elle ne dévoilait rien. Le chemisier sentait la griffe à plein nez. Le collier de perles paraissait vrai. Ses chaussures

plates, marrons, ne ressemblaient en rien aux escarpins vernis de douze centimètres que s'infligeait l'autre Manaella.

Soudain, il croisa son regard. Une minuscule seconde ! Elle lui avait accordé une seconde, droit dans les yeux. Et le verdict était tombé sans appel. Il n'en méritait pas une deuxième… D'un mouvement tranquille, posé, elle se tourna vers la fenêtre, appuya son front contre la vitre, croisa les jambes en prenant soin de tirer sur sa jupe et se perdit à nouveau dans l'accéléré du film des champs. Les clôtures, les étangs, les fermes, les granges, les troupeaux qui apparaissaient puis disparaissaient instantanément.

Ce regard détourné, le vexa profondément, pire il l'humilia... Elle n'avait pas daigné, dans cet échange visuel, lui accorder un semblant d'attention, de curiosité. Manifestement ce coup d'œil rapide lui avait coupé l'envie de se replonger dans ses pensées loufoques. Piqué dans son orgueil il eut envie brusquement de tenter quelque chose pour attirer l'attention de cette pimbêche ; par exemple, prononcer un truc idiot, qu'il était milliardaire, qu'il pouvait la combler, la couvrir de centaines de chemisiers en soie, de colliers et de bagues à fatiguer les doigts, lui offrir aussi des kilomètres ferroviaires à n'en plus finir, et même bien davantage, ce genre de bêtises... Mais comment attaquer une si belle femme qui ne lui avait accordé qu'une seconde. Lui revint alors une chanson qu'il avait composée, un soir de déprime, et qui avait fait partie de son répertoire du temps où il chantait dans les maisons de quartier, du temps où il était mince, du temps où il avait les cheveux longs, du temps où il fréquentait des filles qui aimaient l'amour en rimes.

« Imagine, imagine… Tu est devant ton public… Tu es habillé d'un jean noir, d'une chemise noire et tu caresses les cordes de ta guitare. Tes santiags sont rouges comme ton foulard autour du cou ; ce sont tes couleurs de scènes... Le rouge et le noir comme Stendhal, le rouge et le noir comme le stade toulousain et tu chantes ta chanson sous les feux d'un projecteur, devant un parterre de fidèles admiratrices.

Ce soir, le ciel est gris, je suis un homme triste,
Je marche dans les rues, les jambes fatiguées
Par les kilomètres et par ce que j'ai vu,
Tout au long de ma vie, de ma route d'artiste
Où je me suis perdu en rêvant de beauté.
Je cherche dans les yeux de ces milliers de femmes,
L'oubli d'un grand amour que je n'aurai jamais.
Je suis exsangue et froid, sans aucun sentiment,
Étonne et fébrile, je ne sais pas pourquoi…
Pourquoi je suis perdu en cherchant la beauté.

Accroché à ma bière, j'explique à cette fille,
Je suis toujours le même avec tous mes regrets
Et si tu veux venir rêver, rêver sur mes je t'aime,
Tu verras le soleil, tu verras comme il brille
Avant d'être perdu en cherchant la beauté.

Mais la fille du bar a préféré s'enfuir,
Elle m'a laissé sa bière et ses ronds de fumée.
J'aurais dû lui parler avec art et manière
Mais ce n'est pas facile les filles à séduire
Et pour qu'elles vous suivent en rêvant de beauté.

Je repars dans les rues et laisse aller mes pas.
Il n'y a plus que des ombres sur des raies de lumière.
Je vais rester seul et ranger les décombres
De tous mes souvenirs, tout ce qui ne fut pas…
Car je me suis perdu en rêvant de beauté…

Le chanteur plaque son dernier accord.
Les spectateurs, curieusement, n'applaudissent pas, sauf une seule personne, une personne qui lui dit :
- Bravo, c'est très chouette !

Il redescendit sur terre ou plutôt dans le train.

C'était cette femme au chemisier rouge qui lui avait adressé la parole avec un accent de chez nous qui roulait, un bel accent de Garonne. Comme il restait sans voix, avec de surcroît un air idiot elle précisa :

- Mais je n'ai pas entendu le début de votre poème, Vous n'avez parlé à voix haute qu'à partir de « et si tu veux venir rêver sur mes je t'aime ».

Le rouge empourpra son visage. Il bafouilla une suite de mots inintelligible qui la fit sourire.

- Voulez-vous me dire le début ?

Il n'aima pas cela et il se fit prier ; sa timidité toujours collée à ses envies en était la seule raison. Cette femme désirait, qu'il déclame ses vers. Cette femme était son public. « C'est fini de rêver ! » se dit-il. « La réalité vient de te rattraper. Tu es sur une scène et cette fois-ci tu ne peux plus te défiler. Elle attend. »

Avec un trac tangible, il récita, sans conviction, les rimes de sa chansonnette. Au début du quatrième couplet, sachant qu'elle connaissait la suite, il s'arrêta. Mais la femme ne s'en laissa pas compter et avec un aimable sourire elle l'encouragea à à aller jusqu'à la fin. Elle s'était légèrement calée en arrière et avait fermé les yeux.

Le train s'engouffra soudain dans un long tunnel dans un fracas assourdissant. Quand le jour réapparut, le charme était rompu. Les yeux de la voyageuse étaient ouverts.

- C'est de qui ?

- De moi ! Je l'ai écrite un jour de cafard… En réalité c'est une chanson, pas un poème.

Alors, elle désira tout savoir. S'il avait écrit d'autres paroles, d'autres textes, s'il chantait souvent, si, si, si… De bonne grâce, il répondit à ces questions indiscrètes.

Cette femme si belle maintenant s'intéressait à sa personne. Il avait ouvert la porte secrète de sa vie. Bizarrement, sa curiosité à son égard suffisamment satisfaite, elle se mit ensuite à parler. Les kilomètres passèrent. Toulouse se rapprochait. Et la femme ne cessa de parler. Pour ne rien dire… De tout, de rien, d'elle-même, des autres. Une idée en accrochant une autre. Tout cela dans un flot volubile impressionnant. Il prit cela comme une vague océane en pleine figure. N'ayant plus d'espace dans cette discussion qui s'était transformée en un monologue puissant il tenta de donner le change. Il ne ferma pas les yeux. Dodelinant de temps à autre de la tête, il marmonnait d'un air entendu des mots du style « certes », « bien sûr », « bien évidemment », pour qu'elle ne s'aperçoive point de son indifférence.

En fixant son regard sur ce visage qui émettait des sons à peine audibles, il repartit, bercé par ce ronron de paroles, dans les prairies de ses pensées. Peu à peu il ne prit même plus la peine de faire semblant et se perdit dans le paysage qui défilait. La femme à la longue cessa de parler. Puis elle descendit lors d'un arrêt.

Mais pour lui n'était plus question de Manaella. Cette femme l'avait tuée !

Là où la Garonne épouse l'Ariège

Un après-midi, avec ses cannes à pêche et son sac l'idée lui était venue d'aller poser ses fesses sur un rocher plat, un lieu choisi, l'intersection de la Garonne et de l'Ariège, non pas pour sortir un sandre ou même un brochet, mais juste tremper son bouchon toulousain dans le courant et se perdre dans la contemplation de cet endroit qu'il avait toujours trouvé sublime.

Le temps était clément, il ne faisait pas chaud et le fond de l'air était doux. C'était un jour de semaine et en cette heure matinale, il n'y avait personne, hormis un équipage de mouettes et des corbeaux qui volaient en noir et blanc sur un horizon gris.
Le bouchon sautillait dans l'eau tiraillé par un nuage d'alevins s'acharnant sur un asticot délavé. Mais il n'en avait cure... Il fixait une fine silhouette noire, courbée, tordue qui lentement s'approchait. C'était une vieille femme. Elle s'avança encore... Durant un moment il fut contrarié d'être ainsi perturbé dans sa solitude. Cependant, la curiosité l'emporta.
La vieille toute recroquevillée sur elle-même, décrépite, était une source de questions, tant sa laideur était extraordinaire et son image hors du commun. Elle lui adressa la parole et lui expliqua dans un langage chevrotant, aigu, qu'elle habitait dans une cabane en bois, cachée sur l'autre rive. Elle était l'amie des oiseaux. Cette vieille s'installa sur une souche voisine, croisa ses deux mains osseuses sur ses genoux, offrit un sourire édenté et avec ces mots lui conta ce qui suit.

Connaissez-vous, monsieur, l'histoire de ce corbeau violet, plus gros, plus vieux, plus malin que ses congénères mais surtout qui possédait un si gros appétit qu'il devint en quelques années le tyran de son pays ? Que dis-je, de l'humanité !
Au début personne ne s'était méfié. Mais qui donc se souvenait de cet oiseau qui, dans sa jeunesse, avait été le souffre-douleurs d'une sorcière ? Personne ! Ce qui est dommage car peut-être ce qui arriva par la suite aurait pu être évité.

Cette malfaisante sorcière était méchante et, ce qui va souvent avec, elle était bête. Elle s'était empoisonnée en concoctant une mixture qu'un bourgeois lui avait commandée à des fins plus que malhonnêtes. Cette horrible femme, juste avant de rendre son ultime soupir au maître des enfers, avait fabriqué un autre élixir car elle avait eu quelques temps auparavant des problèmes de santé. Elle avait perdu bizarrement le goût de manger. Ses recettes qu'elle tenait d'un livre ancien de cuisine pour sorcière gourmande ne la faisaient plus saliver. Elle avait alors fabriqué un filtre, une sorte de médicament mystérieux pour se donner de l'appétit. N'étant pas certaine des dosages, avant d'y goûter elle-même, prudente, elle l'avait testé sur son fidèle corbeau qui dormait sur son perchoir N'ayant rien constaté d'alarmant sur l'oiseau, et pressée de retrouver l'appétit, elle avait avalé d'un trait le restant de la fiole. Mais dans sa précipitation, elle s'était trompée et ce fut le poison pour le bourgeois qu'elle avait avalé, dont la fiole identique était posée sur sa table de travail.

Deux jours plus tard lors des funérailles tandis qu'un cortège de sorciers, sorcières, et de magiciens de tous poils, accompagnait pour son dernier voyage cette consœur si peu maligne, l'oiseau, oublié sur son perchoir, commença à ressentir un appétit de plus en plus féroce.
Il liquida les graines de sa mangeoire en un rien de temps et en salivant du bec, il dut se rendre à l'évidence : il était abandonné et devait se débrouiller seul pour assurer sa pitance.

Il brisa la chaînette qui le tenait prisonnier et par le carreau cassé de la cuisine dégoulinante de saleté, il parvint à s'envoler vers les champs avoisinants. Il rejoignit ses frères corbeaux qui arrivaient du nord où il faisait trop froid et qui, comme lui, avaient une grande fringale. Ils se jetèrent pour commencer sur un champ de blé fraîchement semé, et malgré l'épouvantail, il le saccagèrent en un rien de temps.
Mais, contrairement à la troupe notre compère s'aperçut que sa faim persistait encore. Pire que cela ! Il lui semblait que plus il mangeait, sa faim décuplait. En conséquence, il abandonna ses

compagnons de pillage et poursuivit seul sa quête alimentaire. Il avala quantité de graines de toutes sortes. Il goba des insectes à profusion, des larves, des vers de terre. Il mangea des souris, des mulots, des lézards, toutes espèces de petits animaux.

Au fil des mois, au cours de ces repas innombrables, de cette mastication quasi permanente, il comprit qu'il ne pourrait plus désormais se contenter de cette alimentation au préalable assez surprenante pour un oiseau de son espèce. Il réalisa qu'il devrait à l'avenir s'attaquer à des animaux bien plus gros.

En quelques années, il devint une curiosité, un oiseau géant qui attirait les foules... Sa faim n'étant jamais rassasiée, il avait englouti tous les oiseaux de la région, les animaux de la forêt. Et cela faisait toujours rire les gens de la ville qui venaient en fin de semaine pour le prendre en photo.

Seulement, quand les paysans s'aperçurent que ce singulier corbeau avalait aussi des moutons, des chèvres, des chiens, et bien d'autres animaux de tailles moyennes, ils comprirent enfin le danger et ils eurent peur pour leur vie.

Bien évidemment l'oiseau n'en resta pas là.

Cependant quelque chose s'était modifié dans son évolution. Il lui suffisait de quelques jours pour doubler de volume. Et ce qui devait arriver, arriva. Un matin, alors qu'il avait une grande faim, il dévora un troupeau de vaches.

Des chasseurs furent aussitôt désignés. Mais les balles des fusils se perdirent dans son vaste et profond plumage. D'un coup de bec puissant il dispersa ses agresseurs. Puis en grand connaisseur il dégusta les malheureux qui n'avaient pas été assez vifs pour lui échapper. Plus tard, il enfourna d'un seul coup de langue une troupe entière de militaires avec son général empanaché. Général qui n'avait rien compris à la manœuvre et qui braillait tant et plus au moment fatidique. Quand le président de la république décida d'envoyer ses avions militaires c'était trop tard. Il était devenu si gros qu'il était devenu impossible de le tuer.

Il aspira un à un les hélicoptères, les avions de chasse, et même les bombardiers, comme de vulgaires mouches.

Puis sa faim n'ayant plus de limite, il engouffra des villages entiers, clochers et maisons, avec les habitants apeurés. Après, il fondit sur des villes qu'il croqua en quelques minutes, faisant ainsi des ravages effrayants parmi le pays qu'il dévasta sans que rien ne puisse l'arrêter.

Enfin, ce fut le tour des autres pays qui ne savaient quoi faire pour résister à ce monstre. Les nations qui hier se déchiraient avec féroce appétit se réconcilièrent pour unir leurs forces. Ce fut peine perdue. Tous les pays, même les plus vastes, les plus éloignés, les plus riches disparurent. A peine restait-il quelques petites bestioles qui avaient réussi à se cacher dans la nature. L'humanité prit alors conscience de ce qui arrivait : la fin du monde était inéluctable… Ce volatile dégénéré mangeait tous les occupants de la planète, sans aucune exception.

Puis, vint le jour maudit où il ne resta plus sur terre qu'un seul village, perdu au fond d'un vaste désert. Quand les quelques familles qui vivaient là aperçurent l'ombre gigantesque de cette langue rouge, aussi large, aussi longue que la piste d'envol d'un aéroport monumental, qu'ils virent ses énormes griffes noires, agrippées chacune à une colline, ils comprirent qu'ils devaient se résigner à mourir à leur tour.

Les mères en pleurant entourèrent leurs enfants. Les hommes s'embrasèrent, se firent des adieux poignants et désespérés. Certains tombèrent à genoux, prièrent avec ferveur le dieu de leur espérance. Tous unis dans l'attente de leur fin imminente.

Soudain, le village dans sa totalité fut soulevé et les maisons plongées dans l'obscurité de cette bouche géante. Il ne restait plus qu'une seconde d'existence au village suspendu sur cette langue. Avant que la bête ne les avale.

Mais c'était sans compter avec la maladresse de la sorcière. Son dosage, fort heureusement, n'était qu'un médicament à durée déterminée. Certes, une longue durée puisqu'il agissait depuis des années mais avec toutefois une fin. L'oiseau eut donc au dernier moment un hoquet formidable.

Obnubilé par sa manie de tout engloutir, il ne s'était même pas rendu compte qu'il n'avait plus faim. Dégoûté, il cracha ce qu'il avait sur la langue. Et le village fut projeté sur une dune. Les maisons furent cabossées mais les habitants purent s'en extraire aussitôt.

Ahuris, perplexes mais ravis, ils assistèrent alors à un spectacle prodigieux. L'oiseau titanesque se transporta vers une vallée qui s'étirait entre deux montagnes. Il s'arrêta, hésita, puis, dans un croassement à sa mesure, il s'allongea soulevant un nuage de poussière visible à plus de cent kilomètres. Puis dans un sursaut d'énergie il coinça ses ailes infinies sur les sommets pour entamer une sieste réparatrice. Une sieste qui ébranla la région les jours suivants, chaque respiration déclenchant l'effet d'un formidable tremblement de terre.

Un soir tout cessa. Tandis que la lune restait indifférente à ce qui se tramait plus bas, le corbeau rendit son dernier soupir. En dormant. Sans souffrir. D'une indigestion colossale.

En fin de compte comment ce pauvre corbeau qui n'avait rien demandé à personne, aurait-il pu se douter que, de tous les plats, l'humanité était celui qui était le plus indigeste, le plus dur à avaler.

Les jours continuèrent de s'égrener. Les habitants rescapés de cet horrible repas reprirent peu à peu leur train-train quotidien. Ils passèrent leur temps à faire des enfants car ils devaient, bien sûr, repeupler la planète.

Ainsi durant les siècles suivants, la sagesse régna parmi les peuples. Elle régna, tant que l'histoire du corbeau resta dans la mémoire des hommes.

Pourtant, aujourd'hui, qui se souvenait de ce volatile qui avait failli manger l'humanité ?

La vieille femme termina son étrange récit sur cette phrase en signe d'interrogation. Elle attendait manifestement une réponse mais le pêcheur avoua qu'il ne savait que dire. Soudain, il sentit poindre une appréhension. Il n'avait pas remarqué le corbeau qui était venu se poser sur l'épaule de la vieille femme et qui donnait des coups de bec sur son chignon, comme s'il picorait des vers ou quelque autre friandise malsaine.

En quatrième vitesse, il plia bagages et d'un pas de poltron il quitta vivement les lieux. A l'orée du bois, ce fut à peine s'il osa se retourner. A sa grande surprise, il dut se rendre à l'évidence. Il n'y avait plus personne sur la souche. Perplexe, il chercha la vieille femme du regard. Mais la plage de galets était déserte. Sur la toile grise du ciel, deux tâches noires s'envolaient de l'autre côté de la rive. Des corbeaux qui ne demandaient rien à personne et qui le saluaient par une cascade de croassements moqueurs, avant de se perdre derrière les arbres, à la recherche d'une certaine bicoque pourrie, invisible et mystérieuse.

Le mal d'amour

Maxime avait toujours eu mal aux dents, du fait d'un mauvais entretien et ceci depuis son jeune âge. Il n'était pas constitué pour s'attacher à la répétition d'un brossage quotidien. Comme beaucoup, il attendait d'être soumis aux affres du fameux mal d'amour pour décrocher son téléphone et appeler son dentiste. Or, depuis qu'il avait changé de travail, depuis que sa femme l'avait quitté et depuis qu'il avait déménagé, il se trouvait que son ancien dentiste du quartier des Minimes, ne répondait plus à ses nouvelles exigences de trajectoire. En outre sa dernière prestation lui avait laissé un très mauvais souvenir…

Une dent de sagesse, depuis des jours, le faisait horriblement souffrir. Il devait donc, sous la pression de l'urgence, agir vite, trouver un nouveau dentiste qui pourrait le soigner. Quelqu'un qui exercerait dans le périmètre idéal. C'est à dire autour de la place Esquirol. Et qui répondrait à cette nécessité qu'il avait négligée jusqu'alors, mais qu'il désirait vivement privilégier aujourd'hui : celle de la sacro-sainte confiance.

Un après-midi, il posa un congé et muni d'une liste de praticiennes qui exerçaient dans les alentours il se mit en quête de celle qui aurait l'honneur de le soigner. Maxime avait rayé les candidats du sexe masculin. N'étant pas attiré par les hommes et leur haleine virile, il avait jugé plus opportun que la dite personne qui, pour le soigner, devait approcher son visage à moins de trente centimètres du sien, devait être une femme.

La première possédait son cabinet en rez-de-chaussée dans les environs de la cathédrale Saint-Étienne. Il appuya sur la sonnette et pénétra dans une salle d'attente vide qui sentait le renfermé. Un long moment, après avoir parcouru à grandes pages tournées une revue, vieille de deux ans, une personne en tailleur, le sourire sur son agenda dont il remarqua la blancheur des pages, lui indiqua une heure précise pour le lendemain. Il fit semblant d'être intéressé, alors que déjà sa décision était prise. Cette salle d'attente meublée de chaises vides, cette dentiste sans blouse ainsi que ce carnet sans autre nom que le sien, lui donnèrent à penser, que cette femme était peut-être débutante, soit qu'elle était dilettante. Dans les deux cas il ne pouvait y accrocher sa confiance…

Il la biffa de sa liste et se rendit rue de Metz.

Scellée à côté de celle d'un notaire bien connu sur la place de Toulouse, une plaque en cuivre, étincelante de bourgeoisie, lui montra le chemin pour sa deuxième entreprise. Un beau porche sombre, une porte vitrée qui grinçait, un large escalier poli par des siècles de semelles, une rambarde en bois qui sentait la cire, donnaient à cette entrée, figée dans une fausse immobilité du temps, un aspect respectable mais lugubre. L'escalier entourait, tel un serpent lové, un ascenseur étroit, d'une époque lui aussi révolue. Il l'écouta qui se hissait vaillamment en cliquetant, brinquebalant dans un bruit de ferraille sous la charge d'un aventureux ou même d'un inconscient qui sans réfléchir l'avait investi. Ce fut donc sans l'ombre d'une hésitation que Maxime entreprit d'avaler les marches au pas de gymnastique jusqu'au au troisième étage.

Une imposante porte, un salon d'attente rempli de fauteuils antiques, une dame digne au chignon haut perché, tirée à quatre épingles dans une blouse blanche, grand chic, un collier simple mais de grosses perles sur un cou ridé mais bronzé par un soleil de riche, un sourire pincé de convenance, un cahier protégé dans une couverture en cuir, griffée d'un nom illustre, des noms alignés, numérotés, des noms de familles, firent promptement hésiter notre homme. Sous un prétexte bredouillé, il chercha son salut dans un demi-tour rapide ainsi que dans une fuite peu glorieuse. L'endroit était trop huppé pour sa modeste dentition. N'appartenait pas à ce milieu, il n'avait pas l'intention de leur montrer ses dents de gueux.

Maxime suivit le déroulé logique de sa liste et s'enquit de sa troisième démarche : une jeune femme qui n'avait pas encore eu le temps de fixer au mur de l'immeuble sa toute nouvelle plaque professionnelle, ni d'afficher dans son petit cabinet qui sentait la peinture fraîche son diplôme fraîchement obtenu. Des cartons pleins de livres d'un savoir frais encombraient toujours l'entrée, attendaient d'être déballées. Bien sûr, ceci ne lui donna nullement l'envie de confier sa bouche à cette jeune débutante et de servir ainsi de terrain d'expérience

La quatrième rencontre aurait pu être la bonne. La blouse de cette dentiste était irréprochable. Les patients qui attendaient sagement, la décoration, l'odeur parfumée de la salle d'attente, la tranquille sérénité qui baignait cette ambiance, furent sur le point de le convaincre enfin. Or, cette femme au demeurant si aimable, si douce, possédait pour l'être superficiel qu'il était, des traits d'une singulière laideur. Maxime fut incapable de passer au-dessus de ce détail et il s'attacha, piteusement, à cet aspect qui, pour tout un chacun, aurait été des plus secondaires. Mentalement, il lui fit mille excuses et prit la fuite, avant même, qu'elle n'ait eu le temps de marquer son nom sur le petit espace qu'elle avait réussi à intercaler sur sa page bondée de rendez-vous. Pour le dépanner en urgence, pour soigner le pauvre bouffi qu'il était !

La cinquième, la sixième visite, furent toutes aussi décevantes. Maxime trouvait chaque fois une bonne raison pour ne pas se faire soigner et commençait à craindre de rentrer bredouille. Il devait élargir son territoire de recherche. Mais il lui restait un dernier nom.

Presque découragé par avance, il se fit entendre à la porte de cette nouvelle adresse, au premier étage d'un vieil immeuble, sur une place pittoresque, au milieu de laquelle trônait une fontaine qui gloussait de contentement. En cette fin d'après-midi, les tables d'un bar avait investi une partie des lieux et la place dégageait une belle ambiance sympathique. De nombreux toulousains s'y étaient retrouvés et goûtaient aux joies des retrouvailles, devant un verre après une journée harassante de travail.

Il tomba éperdu de confiance devant les beaux yeux verts qui ouvrirent la porte. Elle était en blouse et arborait, comme un suprême raffinement, un masque chirurgical, à l'image des belles orientales qui n'offraient de leur beauté que la seule profondeur de leur regard. La voix chaude l'invita à entrer et elle lui demanda quelques minutes de patience.

Les pages de son carnet étaient raturées, les coins écornés ; les noms inscrits au crayon étaient noircis, gommés, preuve d'une grande activité, d'un trafic intense, incessant, avec des rendez-vous donnés, désordonnés, repris, remplacés, repoussés et aussi annulés. La salle d'attente était petite. Deux patients attendaient leur tour. Les beaux yeux verts inscrivirent son nom. Muni du précieux carton qui indiquait la date à laquelle il devait revenir - pas moins de quinze jours, car il n'avait pas osé mettre en avant l'urgence de son mal, subjugué par ce regard et cette voix de velours - il quitta l'immeuble, traversa la place et se perdit dans la gueule du métro. Maxime était comme sur un nuage. Un nuage blanc sur lequel il était confortablement installé pendant que les yeux verts se penchaient sur sa bouche démesurément béante, offerte aux futurs délices d'une roulette stridente et complice.

Le jour indiqué, le dos bien calé contre le siège, il croisa ses mains qui s'agitaient quelque peu sur son ventre tendu, le cœur battant plus que la normale, attentif aux tintements des outils qui se préparaient dans son dos. Il était anxieux et dut faire un effort, se raisonner. Il se remémora alors que s'il était ici, c'était parce qu'il l'avait ardemment choisi et qu'il avait entièrement confiance dans ces yeux verts.
Cette personne, incarnation de la féminité, répondait à toutes ses exigences et à ses espérances de patient tourmenté. Elle

avait un sourire qui le désarmait, une voix qui le chavirait, des yeux qui l'envoûtaient.

Penchés sur sa langue, sur sa bouche grande ouverte qui bavait, les yeux verts se mirent au travail. Ils donnèrent des ordres aux mains caoutchoutées. Ils organisèrent la besogne, firent évoluer avec précision les pinces, la roulette, les écarteurs, tous ces outils barbares pour le commun des mortels. Ils dispensèrent ces soins, chatouilleux, mais le plus souvent douloureux, qui par une incroyable alchimie devinrent pour le patient Maxime de véritables caresses. Sa confiance étant devenue sans limite, au fil des visites, complètement abandonné, il offrait sa bouche de tout son cœur, entièrement soumis au bon vouloir des yeux verts.

Cette personne exceptionnelle avait un prénom : Laurence. Elle parlait beaucoup, expliquait chacun de ses gestes, chacun de ses soins comme pour le rassurer, pour aplanir les difficultés.
Le chantier de sa dentition était important et les séances furent nombreuses. A chaque rendez-vous Maxime buvait ses paroles et il commençait à se faire des idées. Lorsqu'il rentrait chez lui son cinéma personnel lui contait des histoires, projetait des images extravagantes, incontrôlées. Peu à peu, hypnotisé par la lueur qui scintillait dans les pupilles des yeux verts et par son intensité décuplée par la brillance du projecteur qu'elle braquait sur lui, ainsi que par le contact de ce corps sous cette blouse blanche qui sous le couvert de manipulations compliquées frôlait son coude et sa jambe, la confiance qu'il avait en cette fée tortionnaire se transformait en un sentiment différent, plus fort et trouble.
Il n'était guère besoin d'être un savant pour comprendre qu'il était amoureux de sa dentiste.

Il fit au mieux pour tenter de lui plaire ! Maxime pénétra sur le terrain suave des compliments. Il s'extasia sur ses prouesses professionnelles. Ils parlèrent aussi chiffon, de mode, ce qui lui permit d'ouvrir la discussion sur des confidences plus ciblées.

Maxime s'enhardit et avoua qu'il la trouvait belle, intelligente et désirable. Il se répéta, se fit charmant, disert, plein d'humour, souvent balourd, mais il ne rata jamais l'occasion de l'inviter à prendre un café, un petit apéro à la terrasse d'en bas, dont la musique filtrait par la fenêtre de la salle d'attente.

Ces assauts répétés agaçaient Laurence. Mais en même temps ils lui plaisaient. Pour sa défense elle rétorquait qu'elle était une femme mariée, qu'elle avait des enfants, que son mari médecin venait la chercher après le boulot. Mais pour ne pas décourager ce discours galant qui cependant la valorisait elle rajoutait qu'elle n'avait pas une minute à lui consacrer. Comme si tout se résumait à cela ! Si elle avait eu un peu de temps, se plaisait-il alors à rêvasser, lorsqu'il rentrait chez lui, la joue endolorie, les lèvres déformées par l'anesthésie, alors il aurait pu se passer quelque chose entre eux. Et vautré sur son canapé, devant le verre de son anti-inflammatoire, il ne se souvenait ensuite que de cette grimace charmante qu'elle avait eu, comme pour s'excuser de lui faire du mal, au moment de le piquer dans la gencive.

Mais, vint le jour détesté quand les soins furent terminés… Il eut beau lui demander de chercher, de bien vérifier, mais tout était correctement rafistolé. Les fausses dents étaient en place. Les couronnes étaient posées. Les dents détartrées, plombées. Il devait se rendre à l'évidence. Il ne restait plus qu'à payer et à s'en aller.

Un mois s'écoula mais il ne se passa pas un jour sans que les yeux verts ne viennent hanter ses pensées. Il pensa écrire une lettre mais il n'était pas littéraire. Il pensa lui donner un coup de fil mais il n'était pas téléphone. Il pensa aussi l'attendre à la sortie mais il craignait de tomber sur le mari. En désespoir de cause, une idée saugrenue, sans faille, le tint en haleine durant plusieurs heures.
L'amour à l'évidence consumait sa raison. Pour revoir les yeux verts, pour lui prouver son amour, il réalisa qu'il suffisait de lui

sacrifier une dent, même deux ! Un léger coup de marteau, sec, précis. Il suffisait de frapper, de briser, de se précipiter au cabinet pour se faire soigner, se faire dorloter. Mais voilà, son courage ne fut pas à la hauteur de son amour. Il invoqua une raison hypocrite pour excuser sa lâcheté. Avec des dents cassées il risquait de ne plus lui plaire.

S'il existe un dieu pour les ivrognes, il en est un pour donner un coup de pouce à certains amoureux transis. La chance lui en fut donnée deux jours après sa cogitation sulfureuse. Lors d'un repas, une molaire éclata sous un caillou oublié dans un plat de haricots mexicains. Un bout de sa dent tomba dans l'assiette. Le tintement léger qui en résulta fut comme une offrande à ce dieu qui s'était penché sur son cas. Maxime avait ainsi un nouveau prétexte pour revoir les yeux verts.

Il lui téléphona.

Sous l'urgence qu'il exagéra un peu, elle proposa d'ouvrir le lendemain matin, pour lui seul. Le cabinet étant fermé ce jour-là. Quand elle le vit avec son bouquet jaune, elle comprit qu'il n'avait pas l'intention de se faire soigner. Ils étaient seuls. Son intention était de bel et bien ouvrir la bouche mais seulement pour lui déclarer sa flamme. Elle le précéda dans le cabinet et ne sachant que faire des fleurs, elle les déposa sur le bureau, faute de vase. Elle avait enfilé sa blouse blanche mais c'était la première fois que Maxime la voyait en jupe. Ces chevilles captivèrent son attention, se laissant emporter par ce charme qui n'avait rien à voir avec le strict professionnel auquel il avait été accoutumé.

Elle le dévisagea avec une interrogation muette. Elle écouta cet homme qui lui avait pris les mains. Cet homme qui lui récitait son amour, son envie d'elle, de son corps qu'il devinait si tentant sous cette fichue blouse. Il déclara le plus sérieusement du monde qu'il voulait lui donner ses dents en gage de son affection, qu'il aurait souhaité posséder la plus vilaine bouche de Toulouse pour avoir le bonheur d'être soigné par elle durant des années. Elle se défendit, éclata de rire, répéta encore qu'elle était, avant tout, une mère, fidèle à son époux. Mais plus il la serrait, plus il sentait fondre toutes ses défenses. D'instinct, il redoubla alors ses ardeurs, savamment dosées de tendresse et de volonté masculine.

Elle était coincée, acculée contre la fenêtre. Il la saoula avec des paroles enflammées mais qui, à la longue, donnèrent leur fruit. Elle céda, comme une digue qui craque sous la poussée inexorable de l'eau. Depuis trop longtemps, personne ne lui avait fait la cour. Un mari était un mari... Comme le chantait Claude Nougaro le mari avait tué le prince charmant. Maxime était le premier qui avait osé passer outre la blouse blanche, outre les gants de chirurgien, outre le masque, outre son statut de dentiste.

Il l'embrassa et elle répondit à son baiser. Ils étaient fous. Ils étaient seuls. Ils étaient des amants, ou plutôt sur le point de le devenir. Avec fébrilité, il défit les boutons de la blouse, et la jeta à terre. Brisant de la sorte le symbole de cette femme à qui il offrait une autre possibilité, celle d'aimer et d'être aimée à nouveau. Laurence portait un chemisier en soie, charmant, pas vraiment innocent, décolleté et qui dévoilait une belle poitrine généreuse sur laquelle il laissa aller le flot de ses baisers fous…

Au-dessus du bureau, de l'ordinateur, une pendule indiquait l'heure : dix heures, dix-sept minutes et cinquante-six secondes. Une explosion violente fit voler en éclat les vitres vieillottes de la fenêtre contre laquelle ils se tenaient enlacés. Le souffle leur fit perdre l'équilibre. Ils s'écroulèrent parmi les débris de verre. Choqués, hagards, ils se relevèrent avec difficulté. Pareil à des somnambules, ils se dévisagèrent.

Les yeux verts avaient perdu leur brillance. Ils reflétaient la peur. De fines coupures légères entaillaient son cou, où deux secondes auparavant Maxime débitait encore entre des baisers mouillés des fadaises énamourées.

Sur la place régnait une extrême panique. Les gens couraient dans tous les sens... Une bombe ? Des terroristes ? A l'évidence une catastrophe terrible. Les suppositions partaient dans toutes les directions. Puis très vite, un doute :

- Et si c'était cette putain d'usine chimique ?

Toulouse était blessée.

La vie venait de s'arrêter pour des milliers de gens. La pulsion d'amour, la folie sensuelle, la poussée des hormones, tout ce bric-à-brac amoureux qui avait jeté Laurence dans les bras de Maxime disparut devant l'incontournable fantaisie du destin.

Laurence fut la première à recouvrer ses esprits. Elle tenta de téléphoner. Elle avait un mari et des enfants. Mais toutes les lignes étaient saturées. Elle chercha alors fébrilement son sac à main, son trousseau de clefs et elle partit à leur recherche sans même fermer le cabinet. Elle oublia Maxime qui resta dans la pièce dévastée, sans une égratignure, mais avec une douleur qui commençait à lui faire mal. Ce n'était pas celle de sa déception amoureuse. Cette douleur qui se rappelait à son souvenir c'était sa molaire qui, sous la surprise du choc, dans le claquement de sa mâchoire, avait explosé et s'était ratatinée dans sa bouche sinistrée.

La Tirebouchonnette

Tirebouchon c'était Tirebouchon. Un drôle de bonhomme. Il était né dans un village du sud-ouest dans les années soixante. En réalité, il ne s'appelait pas Tirebouchon. Son véritable nom avait été écrasé à jamais par ce fichu sobriquet.
Seul était resté dans la mémoire de ceux qui l'avaient connu ce fameux prénom.

A l'âge de dix ans, le secret de son infirmité perça le cercle de sa famille. Il se répandit sur les bancs du collège comme une traînée de pipi sur le béton immaculé d'un trottoir en pente. Il avait été à sa naissance un beau bébé. Cependant personne n'avait deviné que cet enfant possédait une anomalie d'une extrême rareté. Sans doute unique au monde. Plus tard, quand sa bistouquette fut en âge de se manifester, sous l'égide d'une envie subite et naturelle, suite à la chaleur ou à autre chose, elle se dressa non pas droite, arrogante, conquérante ou à la rigueur légèrement bombée, ou tendue comme un petit arc, mais cette zézette, dès qu'elle se sentit d'humeur, prit la forme d'une vrille comme la queue d'un petit cochon.

Si, au début, cela amusa beaucoup la galerie, papa et maman durent vite se rendre à l'évidence. Il n'existait aucun remède pour remédier à l'affaire. Ils imaginèrent de lui coller un tuteur comme pour les tomates. Mais devant la hardiesse de la tâche et suivant le conseil de leur médecin, au diagnostic fataliste, ils abandonnèrent l'idée. Ils se réfugièrent dans une ignorance facile, sous le prétexte d'une pudeur familiale fort à propos, pour occulter ce problème. La famille en resta là et attendit patiemment que leur rejeton se débrouille seul avec ce sexe d'une autre planète.

Cependant au collège, Tirebouchon comprit vite l'intérêt qu'il pouvait retirer de sa particularité. Son tempérament enjoué était pourvu d'un optimisme à toute épreuve. Ce qui aurait pu être une angoisse permanente était devenu, pour ce bout d'homme, un avantage considérable.

A l'école, dès qu'un nouvel élève arrivait dans l' établissement, il se débrouillait pour l'acculer en un pari stupide. Son escorte fidèle et hilare servait bien sûr de témoin… C'était bonbons, billes, goûter, argent de poches, bandes dessinées qui servaient alors d'enjeu..

Au milieu d'un cercle de conciliabules, Tirebouchon abaissait la fermeture éclair de sa braguette. Il dégageait son joli trésor précautionneusement, prenait alors délicatement entre le pouce et l'index la peau délicate qui l'enveloppait et l'agitait d'une main naïve et experte pour le faire se lever. Ce qui ne manquait jamais d'arriver sous les yeux émerveillés des copains et sous celui non moins stupéfait de celui qui venait ainsi de perdre son pari.

Ce fut aussi sans compter les fois où le petit voyou exhiba son jeune machin pour une somme toujours modique. Ce qui, à la longue, le propulsa dans une dynamique commerciale. Au fil de son imaginaire, il vint à croire, que plus tard, il pourrait faire commerce de son engin, en le montrant dans les foires. Pour gagner beaucoup d'argent et atteindre ainsi les rivages fabuleux de la célébrité.

Bien entendu, les filles étaient exclues de ce jeu viril. Bien que connaissant pourtant la source de ce surnom, aucune n'avait eu le plaisir d'être ainsi présentée à la chose.

Quelques saisons défilèrent. Et Tirebouchon fit son entrée chez les adultes puisqu'il est convenu que, dès la seconde, il n'y a plus d'adolescents. Il n'y a en classe que des êtres responsables, sagement assis devant des professeurs débiles.

Ce lycée où copains et copines se mélangeaient la bobine, où les professeurs ne comprenaient rien, où le dirlo faisait chier, où la cantine était dégueulasse, les chiottes pourris, et la cour de récréation nulle, où l'on s'agglutinait en cachette pour fumer la clope, ce lycée où les parents, ceux qui encore possédaient des illusions accompagnaient leurs rejetons en voiture, mais surtout en évitant de s'arrêter devant le portail d'entrée pour une raison qui leur resterait toujours obscure, ce lycée enfin ouvrit enfin sa porte, un matin chaud de septembre, pour une nouvelle rentrée.

Tirebouchon avait été, lors de son passage au collège, un petit monarque. Il avait mené son royaume scolaire du bout de son anatomie précieuse. Il s'était affranchi de cette façon de la rudesse des autres. Il avait vécu au-dessus de l'enfer de ceux qui n'avaient pas d'arme pour se défendre. Préservé ainsi du courroux des petits copains qui pouvaient être, tour à tour, bons potes ou prédateurs. Ces camarades du fond de la classe qui n'omettaient jamais d'être toujours de mauvais conseils.

D'un tempérament lymphatique, Tirebouchon avait régné du seul fait de sa curiosité. Il n'était pas bagarreur. Ce n'était pas un dur. Il n'avait rien d'un débrouillard. Sans son anatomie bizarre le pauvre n'aurait été qu'un chevreau attaché au piquet du champ de la bêtise de ses copains.

Quand il fit ses premiers pas dans la cour du lycée, et qu'il se trouva face aux autres adolescents, il comprit que plus rien ne serait comme avant. Statue déchue dont le piédestal s'était brisé, Tirebouchon n'était plus qu'un parmi le millier grouillant d'élèves qui circulaient dans l'enceinte de l'établissement. Ses camarades furent noyés dans le flot des élèves et l'oublièrent. Perdu, accroché à d'autres, à des inconnus, il essaya de se lier d'autres sympathies. Ce qui changea radicalement dans cette nouvelle cour de récréation, ce fut aussi le regard des filles qui semblaient ignorer les garçons. Toutefois, celui qui possédait un œil attentif et une oreille exercée comprenait vite qu'il en était rien. Leurs regards allumés qu'elles décochaient en pouffant de rire en étaient la preuve incontestable.

Tirebouchon, quand il fut de nouveau dans la confidence de certains camarades, évita de parler de son ancienne renommée.

Son instinct le poussa à se taire. Ce qui avait été un orgueil, un véritable sceptre, était devenu subitement une tare... Le regard des filles était piquant. Tirebouchon se demanda même si ses anciens complices n'avaient pas éventé son secret, juste pour rire, pour provoquer l'admiration des petites merdeuses, de ces petites meufs qui gouvernaient déjà d'une certaine façon, grâce à leurs nénés qui pointaient sous des pulls, cachant encore pour un temps ce qu'elles rêvaient, en secret, de montrer aux élus de leur cœur.

Les mois, pareils à une boite de chocolats se vidèrent de leurs journées fastidieuses, vides, désolantes.
Tirebouchon se renfrogna...
Il n'étudia plus et vécut ballotté comme un bout de bois coincé dans l'écume d'un cul de crique. Il se cogna aux rochers de son avenir, sans espoir. Certains copains, car on n'échappe jamais au fait d'en posséder, même si l'on reste emberlificoté dans cette morosité d'adolescent, auquel nul ne peut se soustraire, et qui fait de chaque instant de la journée un mal de vivre toujours attisé, certains copains, déjà, se vantèrent d'avoir couché.

Tirebouchon écouta et garda un silence obstiné. Sa braguette ne servait plus qu'à pisser. Et l'époque de sa tire-bouchonnette victorieuse tomba complètement dans l'oubli. A l'aube de son seizième anniversaire, la triste mine qu'il arborait s'allongea encore. Après avoir redoublé sa seconde, l'orientation avait décidé de le pousser vers une voie technique. Il n'était pas fabriqué pour les études, avaient décrété les professeurs. Sa route semblait toute tracée. Mais le jeune garçon ne s'en soucia guère au grand désespoir des parents qui avaient imaginé pour leur chère progéniture un avenir plus conforme et plus brillant.

Malgré sa jolie gueule, ses yeux profonds, sa dégaine toute personnelle, il évitait par une timidité parasite de s'aventurer dans la connaissance des filles. Il avait pourtant essayé lors d'une soirée de flirter avec une gentillette et blondinette. Si en revanche, le goût sucré de ces lèvres humides, de sa langue mentholée lui avait fort plu, la bandaison qui s'en était suivie l'avait affolé. Mouillé par la peur d'être découvert, il s'en était allé précipitamment en laissant la pauvre fille qui ne demandait qu'à profiter pleinement de ces premiers instants de plaisir innocent, protégée dans l'ouate de cette maison, sur ce canapé où ils s'étaient enfouis pour se déguster à bouches réciproques.

Tirebouchon était comme tous les adolescents. Le sexe fut l'une de ses principales préoccupations. Néanmoins il redoutait la rencontre suprême qui signerait la fin de sa virginité. Le tordu de sa tire-bouchonnette lorsqu'il était en érection le paralysait. Sa paranoïa lui souffla que les filles étaient dans la confidence de son drame. Il s'imagina que les plaisanteries qui résonnaient sur les murs du préau de la cour de récréation n'étaient que des plaisanteries, des piques mordantes dont il était la victime.

Tirebouchon quitta l'année suivante le lycée pour un centre d'apprentissage. L'orientation, cette ogresse qui tue l'ambition des parents, l'inscrivit dans une section vente et commerce où, d'après les psychologues de l'éducation, il avait une chance de s'épanouir et de réussir. Sa mère se débrouilla pour lui trouver une boutique. Et le garçon entama la nouvelle année scolaire dans un boutique de vêtements, une vieille maison de tradition, pour gens chics et pleins aux as.

On habilla le jeune apprenti d'une belle veste blazer achetée en urgence dans une grande surface, d'un pantalon en serge grise que son père ne portait plus à cause de la bière qui lui en interdisait l'accès, d'une chemise ciel classique trouvée au fond d'un tiroir et d'une cravate que le patron exigea dès le premier jour.
La patronne, une grosse dame moulée dans une robe en taille 58, commandée spécialement pour elle par son représentant favori, lui conseilla en toute sévérité de ne plus se ronger les ongles, de se couper les cheveux, de se raser les poils qui étaient la première fierté de son menton et de se parfumer ou de se laver chaque jour.

Tirebouchon devint un être civilisé. L'adolescent tourmenté qui portait jusqu'alors l'entrejambe de son pantalon au milieu des genoux fut promu au rang de quatrième vendeur. Il n'était plus un adolescent, un lycéen, mais un adulte avec un métier, un salaire et des responsabilités. Avec juste cette panoplie, certes d'un autre monde que le sien, il devint en quelques minutes, un authentique professionnel. Ce mot qui remplissait d'orgueil sa patronne. Elle en usa et abusa ce matin-là avec la gloutonnerie de sa bêtise, s'en gargarisa devant les clients, avec sa bouche dégoulinante de rouge à lèvres, en exhibant à chaque instant et fièrement son savoir-faire. Elle parla aussi de son expérience parisienne dans une boutique d'un grand couturier, boulevard des Italiens. Tout ce cirque devant le jeune garçon médusé qui ce premier jour se demanda où il était tombé.

Tirebouchon eut fort à faire. Quand ce n'était pas l'œil de la patronne qui le gourmandait, c'était les conseils baveux de son mari, qui ne connaissait rien au métier d'après les dires des autres, qui le déconcentraient, le soumettant aux reproches de la première vendeuse. Celle-ci forte de ses vingt ans d'ancienneté, pour une raison ignorée, prit Tirebouchon en grippe lui faisant comprendre en maintes occasions que son allure godiche était décalée dans ce magasin et qu'en fin de compte, il n'était pas fait pour ce métier. Ce en quoi elle n'avait pas tout à fait tort.

Derrière ces rayonnages bourgeois, Tirebouchon évoluait avec la grâce d'un canard en période de sécheresse. Outre l'atelier chargé des retouches qui employait trois ouvriers, un tailleur, deux culottières, outre la première vendeuse, il y en avait aussi une seconde plus jeune, plus dynamique, plus sympathique, et plus jolie. Pour en terminer avec l'énumération de cette brillante équipe il y avait encore une autre apprentie en deuxième année qui déambulait avec sa grosse poitrine en avant, dédaigneuse, outrageusement maquillée et qui portait sans cesse des yeux de biche énamourée sur son cher patron quand il était abandonné de la compagnie tout aussi volumineuse de son épouse. Toute l'équipe en plaisantait.

Quand la patronne revenait de l'inspection des deux autres magasins dont elle était aussi propriétaire le silence se faisait aussitôt. L'on entendait plus alors que le bruit grincent des machines à coudre Singer. Cependant rares étaient les moments où le couple s'absentait. Ce qui laissait à tout le monde, s'il n'y avait pas trop de clients, le loisir de souffler un peu !

Tirebouchon ne fut pas plus doué pour la vente que pour le reste. Quand un client pénétrait dans la boutique, il avait tendance à se cacher derrière le portant des cravates. Il faisait alors semblant de les ranger, tremblant, dans l'attente qu'une vendeuse s'occupe de l'accueil du nouveau venu. Il utilisait son temps à des tâches moins nobles comme le rangement dans les tiroirs des nœuds papillons, des nœuds lavallières, des boutons de manchettes, ainsi que l'alignement des costumes dans les penderies, ou le changement des poches des chemises sur les étagères, enfin toutes les pratiques qui évitaient d'affronter cet inconnu, ce client qui l'effrayait et devant lequel il se perdait en balbutiements lamentables.

Mais par la force des choses, les lois du commerce étant ce qu'elles sont, quand ce fut la pleine saison, celle des mariages, que le magasin se remplissait chaque samedi, sans dégorger et jusqu'au soir à vingt heures, Tirebouchon fut bien obligé de se lancer dans la bataille et de travailler la clientèle. Il apprit peu à peu la roublardise de la vente, à se dégourdir du vocabulaire, à répondre à l'attente pressante de ces clients difficiles, exigeants. La marchandise était hors de prix, mais ces braves gens avaient les moyens d'acheter. Au plus vif étonnement de Tirebouchon qui peu à peu prit conscience qu'il y avait une catégorie de gens qui possédait beaucoup d'argent.

Il apprit à parler, à articuler, à ne pas se laisser démonter par la morgue d'un aristocrate radin désirant louer une jaquette ou un simple haut de forme, à devenir assuré, à maîtriser ses gestes, à nouer correctement son nœud de cravate, à conserver la bonne longueur de ses ongles, et à repousser vers des heures solitaires le curetage de son nez qui le démangeait depuis le jour de sa première respiration.

La fin de sa première année d'apprentissage se termina. Pris dans l'engrenage effréné de la vie commerçante, Tirebouchon avait relégué pour un plus tard non défini le problème des filles et surtout celui de son dépucelage. Il commença donc à râler fortement devant la perspective des congés familiaux. Comme chaque année, durant le mois d'août, ses parents plantaient la caravane au camping de Narbonne plage, toujours au même emplacement. Ce rituel immuable lui pesait de plus en plus. Mais il ne savait pas encore comment y échapper.

Fin juillet, la plantureuse apprentie de deuxième année passa brillamment son CAP avec une mention excellente. Malgré ça, dans la semaine suivante, elle fut congédiée car son contrat prenait fin. Il n'était nullement question de payer une vendeuse au tarif fort quand l'état autorisait l'usage des apprenties. Une pratique exemplaire qui ne coûtait pas cher. Ces jeunes qui ne travaillaient qu'à mi-temps, l'autre étant consacrée aux études, ne touchaient qu'un pourcentage du SMIG.

Elle fut promptement remplacée et la patronne présenta, début septembre, la nouvelle qui débuta à son tour un nouveau cycle de deux ans. Tirebouchon, maintenant élève de deuxième année avait mûri. Il eut assez d'aplomb pour faire le fanfaron devant cette donzelle qui avait rêvé depuis ses premiers talons hauts de devenir vendeuse et de posséder plus tard sa propre boutique. Une gamine ambitieuse sur laquelle l'orientation ne s'était pas fourvoyée. Ce qui n'était pas le cas de notre ami Tirebouchon qui continuait à prendre la vie comme elle se présentait.
Le jeune fille s'appelait Romane et portait sur elle toute la gaieté du centre ville toulousain. Devant la glace dans le salon d'essayage elle imaginait déjà une existence faite de vitrines à décorer, de clients à conseiller, de jolies tenues à porter, de caisses enregistreuses sonnantes, avec des liasses de billets de banque ou de chèques libellés à son nom. Cette petite Romane

fut donc, bien évidemment, éblouie par son jeune prédécesseur, cet élève de deuxième année qui portait si bien le blazer, la cravate rouge, et qui rosissait de plaisir quand elle déposait sur lui son bonjour matinal ainsi que son premier sourire à neuf heures moins dix, à l'ouverture des grilles.

Tirebouchon fit le beau. Il se perdit dans l'enthousiasme de la jeune fille. Il tomba amoureux en oubliant pour la première fois sa tire-bouchonnette.

Un soir, il invita Romane au cinéma. Ils allèrent au Gaumont voir Titanic et il profita du naufrage pour l'attirer contre elle, pour l'embrasser avec fougue sur la bouche. Elle répondit à son baiser et dans l'obscurité complice se laissa caresser gentiment. Elle ouvrit son chemisier pour faciliter l'accès à ses jolis seins émoustillés. Ils s'égarèrent dans le flottement irréel de ce flirt, tandis que les autres, sur l'écran, se noyaient dans l'eau glacée de l'océan atlantique.

Un dimanche après-midi, elle l'invita chez elle. Bien sûr les parents n'étaient pas présents ; elle eut tout le loisir de lui faire visiter l'appartement. Ils se retrouvèrent en terrain neutre, dans la chambre du frère qui était parti à sa compétition de judo. Sous la couette blanche, ils s'essayèrent à cette sacrée pratique de l'amour qui les intéressait tant. Pucelle et puceau, ils se dévêtirent gauchement, sans dire un mot, avec juste quelques gloussements nerveux. Puis, timidement ils se caressèrent, avec des gestes mêlés de curiosité, et très concentrés sur ce qu'ils faisaient. Sans réellement savourer ce moment, le dégustant comme une tartine beurrée d'appréhension sur une couche de plaisir. Chacun ayant peur de décevoir l'autre. N'osant prendre d'autre initiative que de se laisser faire...

Le corps moite, inerte, les cuisses légèrement croisées comme pour retenir encore cette fleur qui tardait à se briser, Romane attendit que son novice d'amoureux ôte le dernier obstacle qui empêchait son futur voyage de femme : le caleçon en coton blanc qui cachait ce sexe qu'elle redoutait mais qu'elle espérait tant. Tirebouchon extirpa discrètement sa tire-bouchonnette profitant de l'obscurité qui baignait sous la couette. Cependant Romane comprit vite qu'il se passait un truc anormal quand son jeune amant tenta alors d'investir sa minette. La bistouquette eut beau se démener contre ses cuisses, contre son ventre, elle ne trouva jamais son chemin. Il s'y reprit à plusieurs fois mais il dut se rendre à l'évidence. La forme biscornue de son organe interdisait toute pénétration. Soudain celui-ci se ratatina et se recroquevilla misérablement. Tirebouchon, dépité, se tourna sur le côté. Puis, il enfila précipitamment son caleçon pour cacher sa honte, pour cacher ce sexe qui lui faisait horreur et dont il était incapable de se servir correctement.

Une autre fille, plus aguerrie aux joutes sexuelles, aurait usé de caresses plus osées pour le réveiller. Elle se serait emparée de l'ustensile prometteur, lui aurait prodigué mille soins d'une main experte. Mais loin d'être ignorante, Romane avait estimé que pour une première fois elle avait fait tout ce qui était en son pouvoir de fille honnête. Ce qui fut grand dommage car, sans doute, notre ami, allongé sur une autre fille plus avertie aurait pu arriver à ses fins…

Ils s'habillèrent sans un mot.

Le dimanche les réexpédia chacun de leur côté. Il n'y eut pas d'autres tentatives !

Romane passa en deuxième année. Tirebouchon obtint son CAP de justesse et quitta définitivement la boutique. Il s'en alla pour la dernière fois avec ses parents sur la côte narbonnaise. En septembre il partit faire son service militaire. Une autre vie l'attendait. Sans soucis, avec le seul inconvénient de sortir du lit à six heures, de fatiguer son corps en exercices innombrables et surtout, à ne jamais réfléchir, juste à obéir. Il fut incorporé dans les parachutistes où il fit ses classes avec d'autres copains. On le fit monter dans un avion, on le poussa dans le vide. Il s'accrocha à son parachute et reçut son brevet militaire. Il était enfin un homme. Un vrai bordel !

Seul manquait encore la médaille de sa consécration virile. La perte de son pucelage...

Il n'avait pas de fiancée, ni de petite amie. Il n'avait pas non plus dans son casier métallique des revues pornographiques comme certains. Toutefois dans cette communauté d'hommes il eut la confirmation qu'il n'était pas homosexuel. La sève de la jeunesse le titillait parfois. Et quand la lumière de l'immense dortoir était éteinte, le soldat Tirebouchon se laissa alors glisser parfois sur la pente du plaisir solitaire.

Mais dans ses rêves éveillés, sous la couverture rêche de son lit, dans ce lieu où chantait un concert de ronflements, le manque d'un jeune corps féminin, d'une peau soyeuse sur son ventre, le manque de cheveux emmêlés sur son visage, le manque d'un parfum à faire chavirer, se firent douloureusement ressentir. Il réalisa qu'il ne pourrait jamais se lancer dans une cavalcade sentimentale tant qu'il n'était pas certain de la coopération de son sexe. Ce sexe qui n'obéissait pas, qui l'empêchait de libérer son trop plein d'amour.

Il pensa à un docteur. Cependant, lors d'une virée dans un bar de nuit avec le caporal chef de sa section, après moult rasades de pastis, Tirebouchon eut le courage de se confier à ce nouvel ami. Avec ses deux belles oreilles, bien dégagées, coincées sous le fier béret rouge celui-ci écouta avec attention la détresse de ce jeune appelé.

Ce compagnon d'arme, fort à propos, lui proposa une solution : il connaissait très bien une jolie professionnelle qui arpentait à quelques centaines de mètres de là et qui moyennant finances serait certainement disposée à étudier la question de plus près. Cela fit son chemin. Alors, le lendemain soir Tirebouchon, tiré à quatre épingles, décida de tenter sa chance.

Dans cette fameuse rue quelques filles attendaient, appuyées nonchalamment contre un mur ou devant une porte ouverte d'un immeubles miteux. Des hommes seuls, des militaires passaient et repassaient devant ces dames, avec un air de rien. Certains s'arrêtaient, s'informant du prix, puis parfois suivaient la dame dans un escalier. Tirebouchon, après de nombreuses hésitations, aborda une fille, une belle plante de trottoir qui possédait une poitrine opulente à peine retenue par un chemisier largement échancré et qui faisait loucher les mâles en chasse qui défilaient devant elle. Elle l'encouragea de la voix, lui prit la main et le tira au quatrième étage, dans une chambre sordide sous les poutres de l'immeuble. Il fut délesté vivement de ses billets par une main avide qui cacha le tout dans une armoire fermée à clef. Sans plus attendre, elle se dévêtit, libéra ses seins du carcan d'un soutien gorge trop petit et ne conserva que ses bas et ses escarpins. Tirebouchon fut surpris par la nudité de cette femme qui lui parut soudain beaucoup moins désirable que sur le trottoir. Elle lui demanda de se dépêcher mais le voyant si nigaud elle comprit qu'elle avait à faire à un novice. La belle soupira, quelque peu agacée mais elle entreprit cependant de le déculotter. Elle le poussa vers le petit lavabo qui jouxtait son lit de travail et d'une main énergique, elle savonna abondamment les parties génitales de son client.

Tirebouchon, devant ce cérémonial sans un brin d'érotisme, la tire-bouchonnette en escargot, se laissa pousser vers le lit. Cette fille qui se faisait appeler Alexandra lui déclara sans préambule qu'il était temps de montrer toute l'ardeur dont il était capable. Face à l'inexpérience évidente du garçon elle lui expliqua de mauvaise grâce qu'il devait s'allonger sur le dos. Sa patience commençait à s'émousser. Cependant la pendule accrochée sur le mur orange criard lui confirma qu'elle était encore dans les temps. Devant la piteuse prestation de l'attribut de ce militaire on ne peut plus timide, elle entreprit de réanimer son ardeur par une manipulation savante en se servant de sa main droite tandis que la gauche tout aussi experte brandissait déjà le préservatif prêt à l'usage et obligatoire pour ce genre d'opération.

Quand elle vit le sexe tordu, loin de s'en extasier, elle se mit en colère. Elle n'avait pas été prévenue. Ce qui était vrai car notre héros s'en était bien gardé. Elle vociféra sur cette excentricité. Le prix de sa prestation n'était plus conforme car s'introduire cette vrille réclamait un travail supplémentaire. En outre sa conscience professionnelle lui interdisait de travailler au rabais.

S'enfiler cette chose biscornue était hors de sa compétence. ..
S'il désirait qu'elle termine la besogne avec la bouche, il devait
aligner un supplément à condition qu'il parvienne à enfiler lui-
même le préservatif car elle s'y refusait.

Tirebouchon devant la mauvaise foi de cette belle qui ne l'était
plus du tout, elle était même plutôt moche maintenant qu'il la
voyait avec des yeux moins encombrés de désir, se releva, puis
il s'habilla sans mot dire et quitta la pièce sous le regard vide,
insultant, de la prostituée qui n'avait rien d'une hétaïre et qui
claqua la porte sur ses pas en grommelant.

Les années passèrent.
Tirebouchon organisa sa vie dans un système inconscient qui
niait l'existence des femmes. Il rejoignit le rang de ceux qui
portaient comme lui un mal de vivre profond. A l'image des ces
êtres qui baissaient la nuque devant l'injustice qui les écrasait.
Il se traîna ainsi chaque jour dans une démarche où le poids de
sa solitude, de cette sordide réalité, le courbait en une silhouette
misérable et désespérée.

Un chirurgien esthétique et un éminent sexologue planchèrent
sur sa difformité. Ils réclamèrent évidemment de l'argent et le
chirurgien voulut lui faire signer une décharge en cas de non
redressement. Au dernier moment le jeune homme eut la bonne
idée de lire ce qui était inscrit, tout en bas de la page, en de
minuscules lettres hypocrites. Il était stipulé qu 'en cas d'échec
le patient était dans l'obligation d'accepter, sans contrepartie, la
possibilité d'une irrémédiable impuissance. Il n'en fallut pas
davantage pour décourager le garçon. L'espoir suscitée par cette
opération se dissipa dans la sueur de son labeur quotidien et l'
existence devint linéaire. Son énergie fut employé à remplir son
réfrigérateur, à remplir le réservoir de sa voiture et à remplir
son compte en banque qui payait son loyer.

Au virage de sa vingt-cinquième année, il démissionna de chez
Castorama où il était magasinier. Il vendit sa bagnole, vida son

appartement. Muni d'un billet de train pour Séville, il boucla son sac pour un avenir qu'il désirait plus ensoleillé. C'était l'été et ses parents campaient comme de bien entendu au camping de Narbonne plage. Il déposa dans leur boite à lettres un petit mot pour qu'ils ne s'inquiètent pas de sa disparition et prit aussitôt le chemin de la gare.

Sur le quai numéro quatre, à la gare de Madrid, assis sur un banc, dans l'attente de sa correspondance, à l'instant même où la carcasse de ferraille qui se trouvait devant lui démarrait au signal du chef de gare, il sut pourquoi il était parti. Pourquoi il avait agi de la sorte. Il était parti à la recherche d'une contrée où le handicap de son anatomie ne l'empêcherait plus de vivre. Devant ce train qui s'élançait il comprit alors que ce territoire n'existait qu'en lui. Les frontières de ce pays étaient celles de son acceptation pour ce qu'il était. Afin de vivre pleinement, il se promit dorénavant de ne plus cacher sa particularité si l'occasion se présentait. Tirebouchon prit conscience sur ce banc qu'il possédait un instrument digne de respect. Et qi'il était capable, lui aussi, d'apporter à un être aimé autant de plaisir qu'un autre.

Il bourlingua en Espagne une quinzaine de jours, puis il passa Gibraltar. Il porta son sac à Tanger. Il fit connaissance d'une jeune marocaine vêtue à l'européenne et qui manifestement ne portait pas le voile. Elle parlait un français presque sans accent. Le hasard faisant bien les choses, elle lui confia qu'elle était étudiante en lettres à Toulouse. A Rabat, ils se séparèrent avec la promesse de se revoir mais Tirebouchon jeta le papier sur lequel elle avait griffonné l'adresse de son studio. Il continua sa route, visita Fès, Meknès, Marrakech. Il passa le col du Tichka et descendit jusqu'à Agadir. En bus, en taxi, en stop. Toujours seul, rarement accompagné. A dire vrai, Tirebouchon désirait pousser sa route, tirer vers l'Afrique, et pourquoi pas, aller encore plus loin.

Néanmoins, à Agadir il planta sa flemme dans un petit hôtel de troisième catégorie et se lia de sympathie avec un marocain de son âge qui était logé dans une chambre voisine. Originaire du Rif ce garçon était venu, comme tous les ans, faire la saison dans un hôtel du bord de mer. Tirebouchon prit l'habitude de passer ses soirées au bar de ce club de vacances. Malgré le nombre de jeunes filles célibataires qui fréquentaient l'endroit, il restait la plupart du temps assis à sa table devant sa bouteille. Il passait la moitié de la nuit à regarder les touristes s'amuser mais sans jamais se départir d'un ennui profond qui se lisait sur son visage. Conscient de l'inertie qui l'empêchait de se lever il n'avait jamais oser inviter une fille à danser.

Mais un soir il fit une rencontre.

La piste de danse donnait sur une plage. La nuit exposait un ciel constellé d'une multitude d'étoiles sur un fond bleu marin. Il faisait particulièrement chaud. L'océan grondait doucement à une centaine de mètres. Sans prévenir les lumières cessèrent de clignoter plongeant les tables dans une douce ambiance. A sa montre il était près de trois heures du matin. La majorité des danseurs étaient partis. La musique techno avait cessé. A la place une guitare acoustique diffusa une mélodie langoureuse à travers le haut-parleur accroché sur le palmier qui ornait la piste.

Juché sur son tabouret qu'il n'avait pratiquement pas quitté de la soirée, Tirebouchon remarqua alors une silhouette esseulée. Cette jeune femme immobile, assise dans un coin de la salle, le fixait, sans doute, depuis un moment. Ce fut l'impression qu'il en eut en la découvrant ainsi, légèrement penchée en avant, la tête appuyée dans le creux de ses mains. Cette inconnue, elle aussi, était restée collée à sa chaise, accompagnée de la seule présence de son verre résolument vide depuis le début de la soirée.

Il se dévissa de son siège et avec l'accord tacite de ce regard qui le tirait, qui l'hypnotisait, il s'approcha de la jeune fille. Le sourire qu'elle lui décerna l'invita à prendre place sur le siège libre en face d'elle. L'ovale de ce visage bronzé, les yeux bleus, curieusement bridés, les cheveux châtains, longs et rejetés en arrière, le mystère de ce sourire amusé, ces mains aux beaux ongles manucurés, marquèrent le début d'un émoi évident chez Tirebouchon.

Cette femme d'une trentaine d'années s'ennuyait ferme... En villégiature chez des parents coopérants qui habitaient depuis des années à Agadir, elle était issue d'un amour mélangé, mi-danois, mi-thaïlandais ce qui lui donnait cet accent teinté de ce brassage de langues qui était la propriété de son existence. Elle était hôtesse de l'air et vivait à Copenhague. Elle n'aimait pas les tapageurs, les buveurs trop entreprenants. Ce gars-là, avait-elle remarqué, n'avait parlé à personne, hormis le barman qui semblait être son copain.

Il ne ressemblait pas non plus aux autres touristes. Avec sa tignasse ébouriffée, le visage mangé d'une barbe naissante, son jean rapiécé, ses godasses de marcheur, et son tee-shirt noir, déchiré, il n'avait cessé d'attirer son attention.
Sur une impulsion subite elle avait décidé de le pêcher dans son filet.
Le club allait fermer ses portes et ils durent s'en aller. Comme elle avait emprunté la voiture de son père ils purent continuer la conversation à l'intérieur tandis que le bar rabattait ses volets. Il était aux environs de cinq heures du matin.

Charlotte, démarra... Ils roulèrent silencieusement un moment puis ils quittèrent la ville pour prendre la route de la côte. Elle lui proposa d'aller se baigner dans une crique superbe, cachée entre deux falaises, toujours déserte. Elle connaissait l'endroit y étant venue avec sa famille quand elle vivait encore ici.
Ils laissèrent la route. Une piste, à travers bled, les conduisit vers l'océan. Il abandonnèrent la voiture à l'ombre d'un olivier et continuèrent à pied. Quand ils furent au bord de la falaise la crique apparut. L'endroit semblait idyllique. La vue qui s'offrait

à leurs yeux était digne d'un panorama en technicolor, grand écran. Au loin, le soleil levait sa journée, sûr de sa lumière, de sa puissance. La crique était en contrebas. Totalement déserte. Un sentier abrupt en était l'unique passage. Ils s'engagèrent avec prudence sur le sentier et descendirent vers la plage. Parvenus sur le sable ils se déchaussèrent et sans plus tarder, s'approchèrent de l'eau. Charlotte se laissa prendre par la taille. Ce tout premier contact physique entre eux fut la réponse à la question latente qui s'était insinuée dans leur conversation tout au long de cette fin de soirée. Ils étaient bien ainsi, collés l'un à l'autre et répondirent sans se poser de question à cette envie de se toucher, d'aller plus loin dans leur découverte, de brûler les étapes...

L'endroit, l'eau, le boucan des vagues qui s'enroulaient sur la plage, la tiédeur de la matinée avant la chaleur de l'après-midi, la finesse du sable entre leurs orteils, tout cela y contribuait.
Charlotte était une fille du nord sans pudeur. Elle se dévêtit. Nue, elle se précipita au devant des vagues. Tirebouchon hésita quelques secondes, puis il en fit de même et la rejoignit. Ils dépassèrent la zone bouillonnante des vagues qui s'écrasaient. Nageant avec vigueur ils s'éloignèrent et nagèrent côte à côte dans une l'eau turquoise. Elle fut la première a regagner la rive. Les pieds dans l'eau, enveloppée dans sa beauté mouillée, ses longs cheveux plaqués sur sa nuque, les seins durs et tendus, hauts perchés, arrogants, Charlotte fit signe à Tirebouchon de la rejoindre. Quand le jeune homme fut près d'elle, leurs bouches, le plus naturellement du monde, s'unirent en un baiser d'eau, de sel et de soleil. Ils s'allongèrent plus tard sur le sable.
Tirebouchon oublia pour la première fois sa tirebouchonnette. Ils firent l'amour...

Elle usa d'innombrables gâteries. Elle le plaqua sur le sol, le chevaucha pour une course folle, une course vers le plaisir. Il ne sut jamais comment elle avait œuvré. Mais à la seconde où il fut en elle, il sut qu'il possédait en lui une force exceptionnelle dont il était le seul maître. Sa tire-bouchonnette était tordue, certes, mais elle était sacrément vigoureuse. Quand il atteignit le paroxysme de son plaisir, il laissa échapper un soupir, plutôt un cri intérieur, un cri qui n'osait sortir, un cri de victoire, le premier cri de sa véritable naissance.

En fin de matinée, quand les tourtereaux remontèrent le sentier une surprise de taille les attendait. Une vingtaine de marocains, des hommes en djellabas, le capuchon rabattu pour se protéger du soleil, assis à même le rocher, les babouches dans le vide de la falaise, affichaient tous des sourires hilares au-dessus de leur barbichette. Il était évident que cette bande de voyeurs était là depuis le début de leurs ébats et qu'ils s'étaient offerts, du haut de cet observatoire naturel, un véritable film érotique Charlotte cacha ses yeux de colère derrière une paire de lunettes noire et démarra en trombe.

Tirebouchon, penché à la fenêtre de la portière, tandis que les roues soulevaient un nuage épais de poussière blanche, salua ces spectateurs inattendus. Il se renversa confortablement dans son siège avec un sourire énigmatique. Il était satisfait. Et qu'il y ait eu autant de témoins pour assister à sa première d'homme, pour ce moment historique, ce n'était pas cela qui le gênait. Non ! C'était même plutôt bien, pensa-t-il. Ce qu'il regrettait, c'était qu'aucun de ces bédouins n'ait eu une vidéo pour filmer leurs étreintes dont sa fierté ne cessait de se rassasier. Il leur aurait acheté le film, à prix d'or, sans marchander, et même plus encore, pour avoir le plaisir ineffable, à son retour à Toulouse, de le passer à cette bande de connards qui s'était tant moqué de lui dans la cour de récréation du lycée.

Le rêve envolé

Son travail était prenant mais pas réellement passionnant. Son salaire était correct mais guère motivant. Leur appartement n'était pas celui d'une famille riche et son épouse l'aimait toujours mais plus comme autrefois. Il avait utilisé en partie le capital confiance qu'il avait déposé à ses pieds le jour de son premier « je t'aime ». Ils avaient vécu.

Il rentrait de son travail, chaque jour, avec la régularité d'un métronome. Son plaisir, sa détente, c'était dans le rêve qu'il allait les chercher. Il marchait lentement le long des quais de Tounis, sous la protection des platanes. Il retardait au maximum son arrivée chez lui. La télévision en marche, les sempiternelles discussions de sa femme pendue au téléphone, le miaulement de la chatte dans les jambes, les devoirs des filles, et bien d'autres désagréments le ramenaient illico dans la dure réalité.

Il avait réussi, en utilisant les songes, à équilibrer sa vie. Il avançait tranquillement vers un avenir relativement apaisé avec toutefois des soubresauts de révolte. Mais cela ne durait jamais. Le rêve quotidien dont il était dépendant le reprenait et le revitalisait. Il ne buvais pas. Il ne fumait pas. Il ne mangeait pas plus que ça, et il faisait rarement l'amour. Mais il rêvait qu'il buvait, qu'il fumait, qu'il mangeait bien plus que ça et qu'il faisait l'amour. Chacun son truc ! Il n'était jamais déçu. Or, un soir, tout bascula. C'était un soir de septembre.

Il avait plu toute la journée. L'eau s'était infiltrée partout, par des millions de gouttelettes, lourdes, pénétrantes. Elle avait envahi les vieilles maisons se faufilant par les tuiles ébréchées, par les conduits de cheminée, en s'engouffrant à travers les verrières, par les vitres et les toits ouvrants des voitures, sous le col des chemises, derrière les oreilles et dans la tête des gens. Surtout dans la sienne.

Il avait passé l'après midi à fixer les étirements liquides sur la vitre de la fenêtre qui se situait en face de son bureau. Il était resté ainsi, captivé par la danse folle des géraniums balayés par les rafales de vent sur le balcon de la voisine, de l'autre côté de la rue. Quand six heures avait sonné à la pendule vieillotte, il avait plié en hâte ses dossiers, il avait rebranché son téléphone et, le parapluie ouvert, il était parti affronter le dehors mouillé.

Il arriva chez lui trempé du bas. Les semelles en cuir de ses chaussures étaient imbibées et ses chaussettes rouges collaient. Il était sûr que le 100% coton avait déteint. Ce fut justement ce soir-là que le rêve devint réalité. Le jour même où ses pieds avaient rougi dans le jus de ses chaussettes de mauvaise qualité.

Cette soirée-là s'était déroulée comme un scénario bien ficelé. Hélène, son épouse, avait préparé un repas copieux. Une pizza micro-ondes en entrée, des pommes de terre papillotes et des entrecôtes qui restèrent presque pour moitié dans les assiettes, personne n'ayant pu dépasser l'épreuve des patates. La vaisselle avait été rangée par les filles. Il y avait eu des commentaires, des rires, les bises avaient volé de joue en joue et les filles avant d'aller au lit avaient chapardé quelques images supplémentaires de conneries télévisées.

Avec Hélène il avait échangé quelques paroles sur le canapé au sujet de leur journée respective et profitant de ce bon moment il en avait savouré la qualité. Elle avait allumé sa cigarette qu'elle avait déposée dans le cendrier de Bohème et, de temps à autre, profitant du silence qui séparait les phrases, elle la reprenait entre ses doigts manucurés et aspirait goulûment son ineffable plaisir.

D'un naturel facile, il se contentait de peu pour être heureux. Hélène, quand elle prenait le temps, était aussi une excellente cuisinière. Une excellente en tout ! Même au lit elle était parfois surprenante. Mais à vrai dire son tempérament hyper actif, à la longue, le fatiguait. Elle travaillait trop, pensait-il. Pourtant il n'avait jamais osé aborder ce sujet avec elle de peur d'être traité de feignant. Elle s'occupait des filles, du ménage, des courses, toujours à courir pour aider une copine, et le soir, le sommeil, bien entendu, prenait le pas sur les élans amoureux.

Puis Hélène était montée rejoindre sa chambre. Lui était resté.

Il désirait entendre le dernier journal sur le poste de radio de la cuisine. Il avait ses raisons. Assis sur le tabouret qui faisait mal aux fesses, l'oreille tendue, il écouta donc les informations.

L'Olympique de Marseille était éjecté de la coupe d'Europe. Israël et la Palestine devaient signer la paix sur le sol américain. Il fut question ensuite d'autobus qui s'étaient percutés sur une route secondaire avec son lot tragique. Et les universités d'été de nos guignols politiques se terminaient sur un air de fanfare. Puis ce fut ce qu'il attendait :

3-7-13-20-25-31-41

D'abord il ne le crut pas. Comme il avait un crayon dans les mains, que celui-ci était animé d'un mouvement autonome et qu'il avait noté à son insu le message radiophonique, il se rendit à l'évidence. Les numéros étaient bien ceux qu'il avait cochés, deux jours auparavant, au comptoir du minuscule bureau de tabac de la place Esquirol.

Sa première réaction fut de crier ma joie.

Il aurait dû le faire. Oui, il aurait dû…Et prévenir sa femme.

Or, en cet instant précis, il en fut différemment.

Sa vie fut bouleversée en une fraction de seconde. L'argent, ce moyen sans faille pour tendre vers la liberté, pour vivre suivant ses impulsions, suivre son chemin, sans contrainte, avait planté sa semence. Il se leva précipitamment et renversa le tabouret. Il avait éteint la radio et la chute sur le carrelage raisonna dans le silence. Son cri resta muet. Il se redressa immédiatement, resta debout bêtement puis, sous le coup de l'émotion, il redressa le tabouret et se rassit lourdement dessus. La maison était restée silencieuse ; personne n'avait réagi.

Le tic-tac du réveil semblait moins bruyant que son cœur qui battait la chamade à tout rompre. Le frigidaire se déclencha et ronronna comme un gros chat. Le cerveau embrouillé il ne se rendait pas compte de la gymnastique frénétique qu'il imposait à ses jambes qu'il croisait et décroisait sans cesse. Ses mains étaient toutes moites. Il martyrisa ses phalanges, renifla , souffla comme un phoque ; ses lèvres étaient sèches, sa gorge nouée ; il s'humidifia la bouche d'un vif coup de langue et avala sa salive. Tous ces gestes incontrôlés amplifiaient la symphonie de son exaltation.

Puis il s'obligea à respirer profondément afin de se calmer. Une bière fut décapsulée en un tour de main ; dans les secondes qui suivirent il la jeta pleine dans la poubelle. Le gargouillis qu'elle fit en se vidant lentement sur les restes des entrecôtes n'eut aucun effet sur lui.

L'armagnac… non le bourbon… ou plutôt la vodka ! pensa-t-il soudainement. Il se précipita dans le salon et s'enfila cul sec une longue rasade. Le breuvage le déchira. Pourtant il prit un autre verre et la moitié d'un troisième. Il était saoul. Il regarda pour la unième fois le bout de papier sur lequel il avait noté les chiffres du loto puis il le brûla dans l'évier. D'un pas hésitant il monta ensuite se coucher. La bière s'était répandue hors de la poubelle. La bouteille de vodka était restée ouverte sur la table le bouchon ayant roulé par terre tandis que la lumière des pièces demeura allumée jusqu'au matin.

Hélène se réveilla la première. Elle fut passablement étonnée de ce qu'elle découvrit. Elle reboucha la bouteille, la rangea dans le placard, nettoya la poubelle et prépara le petit déjeuner comme à l'ordinaire. Elle ne posa qu'une question :
- Tu t'es couché tard ?
- Oui ! balbutia-t-il.

Il savait qu'elle avait trouvé la bouteille, aussi il rajouta :
- J'ai bu un peu de vodka.

Sa réponse fusa et le prit au dépourvu.
- Pourquoi ? Tu ne bois jamais… Cette bouteille était neuve. Nous l'avions achetée à Prague, il y a déjà plus de trois ans.

Il avait toujours eu des difficultés pour mentir. Malgré ça une mauvaise conscience l'empêcha, contre toute logique, d'avouer qu'ils étaient devenus riches. Devant le regard interrogateur de son épouse il ne sut quoi répondre. La première idée qui le traversa fut de dire :

- J'ai… Tout a changé pour moi.

Comme il venait de gaffer en prononçant le mot « moi », il se reprit :

- Pour nous ! Je veux dire, tout a changé pour nous.
- Comment cela, demanda-t-elle alarmée.

Alors, il lui dit comme l'on jette un caillou la nuit, dans une piscine, pour voir juste l'effet que cela va provoquer, comme bruit, comme vague, surtout si s'est défendu :

- Parce que je suis au chômage depuis hier soir. Même pas ! J'ai démissionné.

Perfide, il recula pour mieux l'observer.

Elle eut un soupir profond. Comme son époux la veille, elle s'installa sur le même tabouret. D'une petite voix tremblante elle demanda :

- Mais pourquoi ? Comment allons-nous faire ? Je n'ai pas de travail, tu sais bien, et par les temps qui courent…

Il lui raconta ce qu'elle savait déjà depuis belle lurette : ses études ratées par la faute de son père, son boulot dans la société familiale dirigée par un oncle tyrannique, surtout l'humiliation constante de lui être redevable, le manque de reconnaissance, les heures offertes à ne plus compter, et l'avenir sombre qui se dressait comme une échelle dont le dernier barreau donnait sur la retraite, la vieillesse, la mort puis l'oubli.

- Je lui ai dit que c'était fini, que je ne voulais plus travailler pour lui.. Que je désirai faire autre chose !
- Mais quoi donc ? Tu as plus de quarante-cinq ans.

Il la coupa :

-Je vais vendre mes chansons Je vais faire éditer mes romans… Nous vivrons de cela. Tu verras. Fais-moi confiance.

La pauvre, se dit-il, immédiatement… Comment pouvait-on ne pas s'angoisser devant cette avalanche d'inepties ? Il en était là de sa lucide réflexion, déjà prêt à cesser ce jeu cruel, à lui dire la vérité quand la réaction soudaine de sa femme le conforta dans son mensonge en lui ouvrant la porte sur un futur qu'il fut incapable sur l'instant de mesurer. Elle qui avait abandonné son métier, qui avait choisi d'élever ses filles avec tout ce que cela comportait de sacrifices, bonne épouse fidèle, confidente de ses faiblesses, cette femme sans autonomie financière, eut alors le culot de lui répondre :
- Tu as bien fait, après tout ! Tu en avais envie. C'est une bonne chose, tu trouveras bien à t'occuper.

Il resta la bouche ouverte. Comme un con. Nul ne connaît sa femme, et lui comme les autres. Elle était sincère ou alors très maligne. Aussitôt, elle se transforma avec un sourire dont elle avait gardé le secret, et s'accrocha tendrement à son cou. Passer davantage de temps ensemble, s'aimer plus, bien s'occuper des filles, avoir des activités familiales, bricoler, il était certain de savoir le fil de sa pensée.
En définitive, s'il voulait rester sincère, il devait reconnaître qu'elle avait entièrement raison.

Il s'habilla et fila sur son lieu de travail. Il ficha sa démission à son oncle qui tenta en vain de le raisonner d'autant que celui-ci n'eut droit à aucune explication si ce n'est que son neveu en avait assez de trimer dans sa fichue boutique. Durant les jours suivants il passa ses journées à flâner et à regarder la télévision. Puis il se reprit car les silences et les regards que lui jetait sa femme étaient de plus en plus plein de reproches. Alors il s'activa faisant mille choses, mais ne faisant rien en définitive. D'abord en jouant à l'écrivain, seul, devant des carnets vides, en allant à la poste dans des queues interminables pour expédier des manuscrits qu'il avait écrits dans le temps et qui ne valaient rien, en passant des heures devant la Garonne en cherchant le thème d'un roman, et surtout à se demander comment il allait utiliser cet argent pour le bien de toute la famille.

Il y eut aussi le temps qu'il utilisa pour s'occuper des filles, mal bien sûr, et qui ne tardèrent pas à le lui faire comprendre. Ces journées à tenter d'aider son épouse dans la gestion de la maison, mal toujours, et qui commença, à son tour, à le lui faire entendre. Une vie différente, avec beaucoup de temps et qui ne lui apprit pas grand-chose. Un jour, l'argent du ménage vint à manquer, les économies ayant fondu comme neige au soleil. Il décida donc, un lundi, de toucher enfin à son pactole. C'était le mois de janvier. Noël était un souvenir. La migraine du Jour de l'An était passée et les photos numériques étaient rangées dans l'ordinateur. Une visite à l'un de ses trois banquiers s'imposait. Il n'avait pas mis tous ses œufs dans le même panier. Il avait partagé son trésor : une partie dans une banque nationalisée, une autre dans une banque privée et la troisième dans une autre mais étrangère. Il revint en fin de soirée à la maison avec une bouteille de champagne, du foie gras et un nouveau mensonge. Il commençait à devenir excellent en la matière.

Au fil des mois, le peu d'entrain qu'il avait eu pour trouver un emploi était resté dans l'ordre des choses. Hélène avait compris que cette transition était obligatoire. Il avait eu des rêves et il était salutaire pour lui qu'il s'y confronte. Elle aimait son mari. Cependant elle avait toujours été lucide sur son manque de talent. Ses chansons étaient bidons et les manuscrits envoyés étaient allés s'entasser sur les centaines d'autres que les éditeurs étaient obligés de trier sans cesse dans l'espoir de trouver un jour une perle rare. Elle avait attendu avec patience et un peu d'inquiétude que l'impasse littéraire où il s'était engagé ait eu raison de leur bas de laine. Il était temps maintenant que son homme agisse en « bon père de famille » suivant l'expression notariale, et de rechercher un emploi sérieusement. Aussi, elle fut très heureuse de constater à sa mine souriante qu'il y avait du nouveau.

Il avait un job. Bien sûr inventé de toutes pièces mais il était nécessaire de porter encore ce genre de masque. Pour Hélène, pour les filles, pour la famille, pour ses amis, il était maintenant devenu un agent commercial en placements financiers. Il gérait un portefeuille et ses clients, nombreux, habitaient au quatre coins de l'Europe. Ce rôle lui avait paru idéal pour le fin renard qu'il aspirait devenir.

Devant sa femme béate il aligna un vocabulaire adéquat. Il parla de taux de change, de taux d'intérêt, de compte à terme, de plus-values, d'actions, d'exonération d'impôts. Il s'exprima comme un journal professionnel. Il utilisa ces mots, autrefois barbares à son entendement, avec autant d'élan que ses refrains démodés. Il était évident que ses nombreux et chers millions, lui avaient ouvert l'esprit sur le monde du fric.

Le soir à table, devant Hélène et les filles, il confortait son personnage. Il évoquait ses clients inventés. Il s'abîmait dans d'innombrables portraits. Il devint le peintre d'une galerie de personnages sortis d'une imagination nouvelle. Il expliqua qu'il avait un salaire excellent, le triple de l'ancien. Pour le prouver, il leur montra un jour, une liasse qu'il jeta négligemment sur la table, entre le pot de mayonnaise et le plat d'asperges. Il en retira l'effet escompté. Ce fut le signal. Et dans le cliquetis des fourchettes, des couteaux, des raclements de tabouret, dans le tintements des verres, chacune lui demanda en même temps comment il avait pu décrocher un tel boulot.

Du mari humble, gentil, routinier, il se métamorphosa en une sorte d'homme pressé, énervé, donnant l'image d'un travailleur, l'oreille collée à son portable, un pied dans un train, dans un avion ou dans une grosse voiture que la dite banque lui avait soit disant procurée. En réalité il n'avait nulle idée de son avenir, de celui de sa famille. Il était incapable de se projeter dans le futur.

Il n'avait qu'une certitude : celle de continuer à cacher qu'ils étaient exceptionnellement riches. Il était le prisonnier de la liberté qu'il avait tant désirée. Paralysé, il était incapable de construire un projet. Sa vie avait changé. Il passait ses journées dans des villes étrangères à ne rien faire sans avoir le goût de les visiter. Dans le seul but de montrer à son retour chez lui des billets d'avions et des notes d'hôtels. Il occupait des chambres d'hôtels avec la solitude de la page blanche quand il tentait parfois d'écrire. Il avalait aussi des routes interminables dans sa belle voiture en conduisant accompagné de l'unique musique du moteur. Une vie souterraine. Une vie de mensonges. Cet argent lui avait permis de cerner la fragilité de son équilibre familial et mental. Il devait réinventer des règles, bousculer le quotidien, réanimer la flamme de son amour pour Hélène. Mais à pas de loup, et surtout sans brûler les étapes... Il devait réfléchir, réfléchir, encore réfléchir….

Seule une évidence s'imposait : il n'avait plus les moyens de rêver.

Le pognon avait détruit le poète.

Une nuit à Léran

Un petit garçon dort la fenêtre ouverte. C'est le plein été. Il fait chaud. Tout est silencieux. Le lampadaire éclaire la petite ruelle de la Tannerie. La lumière dessine sur son front une jolie tâche jaune, lumineuse. La nuit est un monde à part. Le Touyré, ce torrent qui déboule du Mont d'Olmes, s'écoule non loin de là. Son eau chante sa sérénade de clapotis, d'écumes nocturnes en léchant au passage une enfilade vieilles maisons.

Un hibou locataire de la niche ancestrale du pont de pierre secoue ses aigrettes de plumes. Il est en éveil. Une musaraigne, installée sur un gros galet, à fleur d'eau, ignore qu'un œil perçant l'observe. Tout à coup, l'oiseau se laisse tomber de toute sa faim dans le vide. Dans un claquement d'aile sinistre il s'empare de sa victime et l'avale d'une seule fois sans même la dépecer.

Le petit garçon rêve. Il se retourne une fois encore sur son drap et il pousse un gros soupir de chaleur. Par chance, une brise tombée des hauteurs voisines passe sur le village et distribue des caresses d'air frais. Le souffle calme le gamin qui cesse aussitôt de gigoter. Apaisé, il s'endort dans son rêve, plus profondément.

Le hibou, repu, digère. Il frémit. Il ouvre ses grandes ailes soyeuses comme pour s'étirer et lance à plusieurs reprises un « hou hou » de satisfaction qui se répercute sous la voûte du pont. Le petit garçon ouvre les yeux. Le hululement l'a réveillé.

Mais il n'est plus dans sa chambre.

Il est sur le pont de pierre. Non pas debout, dressé dans ses petites sandales rouges, ni couché sur une couverture douillette, ni même assis comme on pourrait s'y attendre. Non ! Il est au-dessus du pont. En l'air... A quelque trois ou quatre mètres de hauteur.

Le petit garçon n'est nullement étonné. Il a toujours désiré voler comme un oiseau. Aussi cette situation extraordinaire lui paraît naturelle. Il écarte les bras, il fait bouger son corps et dans l'instant, lentement, il descend. Il dépasse le parapet plus que centenaire et vient se positionner sous la voûte. Juste en face de la cachette du hibou. Il sait qu'il habite là. Parfois, la journée, sur le sentier qui passe sous le pont, il a tenté plusieurs fois de l'apercevoir. Mais en vain. Aujourd'hui, il peut s'il le désire le toucher. Mais il ne s'y aventure pas. Il sait que l'oiseau de nuit se défendrait. Il discerne avec acuité les yeux brillants qui le fixent, effrayés, curieux. Le hibou s'est pelotonné au fond de son trou. Et il attend fataliste que l'intrus s'en aille.

Quentin a compris qu'il n'en verra pas davantage. Il abandonne l'endroit en faisant pivoter son corps. Il bouge les jambes imperceptiblement et prend immédiatement de la vitesse. La sensation qu'il éprouve est sensationnelle. Il lui suffit de penser pour accélérer. Mais ce pouvoir extraordinaire lui fait peur. Aussi, il se contente de filer tranquillement à travers le velours bleu de la nuit.

Il se dirige vers le château. Il a toujours eu envie de le visiter. Le jeune garçon d'un vol gracieux encercle les tours en une espèce de ronde enfantine. Il frôle les toits vertigineux couverts de vieilles ardoises, il virevolte, gracieux, autour des créneaux du rempart et se pose un moment au sommet du donjon pour savourer cette victoire éclatante.

Le château du Duc lui appartient !

Il calme les battements de son cœur. Le village est endormi et il écoute la nuit. Son copain le hibou est silencieux. Seule la cloche de l'église ose par trois fois ébranler la sérénité nocturne. Quentin lève les yeux et aperçoit une étoile filante qui déchire une seconde le tableau immobile du ciel.

Il frissonne malgré la chaleur. Le petit garçon entend l'appel de la campagne alentour. Les champs de tournesols sont devenus des tâches sombres et immenses. Les arbres ne sont plus que de grandes ombres inquiétantes qui défendent l'entrée de la forêt mystérieuse. Mais l'enfant est attiré.

Il s'envole aussitôt comme une étincelle échappée d'une pierre écartelée. Il prend vite de la hauteur, fortifié de ses possibilités d'oiseau. Il n'a plus peur et survole quelques maisons. Une seule encore laisse échapper de la lumière. C'est celle du petit Marcel. Ils sont dans la même classe. Sa mère a sans doute oublié d'éteindre la lampe de chevet. Ou peut-être l'a-t-elle fait exprès ? Marcel est un petit gars peureux qui reste souvent seul dans la cour de récréation. Quentin se demande si sa maman est comme la sienne. Si elle le couvre de bisous avant d'aller le coucher.

Perdu dans sa songerie, il survole le bâtiment du vieux Léon. C'est une ferme brisée, cassée par les humeurs de la vie. Quand le vieil homme et son chien acariâtre ne sont pas là, pour poursuivre de crocs et de bâtons les enfants du voisinage, la cour intérieure, envahie par un bric-à-brac inouï, devient un champ d'exploration idéal. Depuis longtemps ni volaille, ni brebis, ni vache ne viennent troubler l'endroit.

Un peu plus loin une futaie de hêtres s'étire à une quarantaine de mètres et Quentin qui fixe avec beaucoup d'attention le sol qui défile sous lui, reçoit brusquement la gifle de la cime d'un arbre plus haut que les autres. Heureusement, il y a plus d'émotion que de mal. Par précaution, il prend alors de la hauteur.

Il dépasse un carré de châtaigniers, puis traverse le lac de Montbel. Sur les pentes abruptes de la montagne s'alignent comme dans un garde-à-vous d'une armée de géants, les sapins, les frênes, les pins sylvestres. Ils sont des milliers et attendent patiemment le passage de l'été.

Avec une certaine volupté Quentin explore la contrée. Il effleure de sa paume le sommet des grands arbres. Il bat des records de vitesse sur l'immense platitude du lac et il se fait même une petite frayeur alors qu'il tente de s'immobiliser en plein milieu, au ras de l'eau.

A quelques centimètres, à peine au-dessus des vaguelettes, le corps tourné dans une béate contemplation des étoiles lointaines il se rappelle soudain que son père lui a parlé de ces énormes silures qui habitent les profondeurs. C'est un petit garçon pétri de beaucoup d'imagination. Il se voit soudain gobé comme une mouche par un de ces énormes poissons et entraîné vers le fond qui s'ouvre sous lui. Il remonte alors sans plus attendre et il se réfugie dans les hauteurs en essayant de raisonner sa frayeur.

Maintenant il est fatigué. Il veut cesser sa randonnée volante. Son village est loin et il décide de rentrer. Il est temps, se dit-il, de réintégrer le confort douillet de son lit. Pour une première escapade cela suffit, pense-t-il, avec raison. Demain il pourra recommencer. Il volera jusqu'au fameux château des Cathares.

C'est alors qu'il aperçoit à une bonne vingtaine de mètres, sur sa droite, un peu plus haut que lui, dans un coin du ciel, couché sur un minuscule nuage laiteux, la forme d'un petit garçon. Comme lui, il se déplace dans les airs. Quentin oblique dans sa direction et augmente sa vitesse car le nuage progresse vite. Il s'approche et constate que le vent s'est levé et qu'il pousse avec force le petit garçon vers les hauteurs.

Avec stupeur, il découvre que ce garçon n'est autre que le petit Marcel qui, bizarrement, est plongé dans un grand sommeil. Posé sur le nuage comme sur un matelas de laine, il est allongé sur le côté, recroquevillé, les yeux clos, et le souffle à peine perceptible. Cependant le nuage s'élève rapidement. Quentin est obligé de faire un effort pour le suivre.

Ce qui est très curieux, c'est que Marcel puisse dormir ainsi. Quentin essaie alors de le réveiller en l'appelant. Mais rien n'y fait et il doit le secouer comme un prunier pour le tirer de sa léthargie. Enfin, Marcel ouvre les yeux. Il est ravi de trouver son ami à ses côtés. Mais l'effroi l'envahit dans la seconde qui suit lorsqu'il voit la situation dans laquelle ils sont. Quentin le rassure vite et lui explique que c'est normal.. Qu'il n'y a pas à s'inquiéter d'être ainsi en plein ciel ! Il lui dit que c'est pareil à un rêve. Mais en beaucoup mieux. Que l'important n'est pas de savoir pourquoi mais de profiter pleinement de cette chance pour jouer comme un oiseau.

C'est la chose la plus merveilleuse du monde.

Le vent est de plus en plus violent. Le froid pique le nez, les joues potelées, les doigts des enfants. Quentin réalise avec une certaine inquiétude qu'ils sont vraiment très hauts. Il devine, plus qu'il ne l'aperçoit, l'ombre du château de Montségur qui telle une dentelle noire se détache à peine sur l'écrin de la nuit. En bas, le village avec ses quelques lumières est minuscule. Bientôt, il sera quasi invisible. Il faut redescendre au plus vite.

C'est bientôt l'aurore. Quentin attrape son ami par les deux mains et péniblement il le tire vers le bas. Cette manœuvre lui crée beaucoup de difficultés mais il parvient en persévérant, peu à peu, à ramener l'enfant au village, devant la fenêtre de sa maison. Ils ont abandonné le nuage qui, soulagé ainsi du poids de son jeune locataire, comme un ballon lâché, s'est empressé de reprendre la direction du ciel.

Le petit Marcel est heureux de retrouver enfin le confort de sa chambre. Malgré la chaleur oppressante il grelotte de froid et se glisse dans les draps de coton. Son visage fatigué reprend des couleurs prometteuses. Puis il se rendort, tranquille, heureux, dans la minute qui suit.

Quentin, debout dans la complicité de l'ombre de la grande armoire, attend d'être rassuré sur le sort de son protégé. Plus tard il grimpe sur le rebord de la fenêtre et d'un bond léger il s'envole. Il fait encore nuit mais l'aube ne va pas tarder à montrer les premières lueurs de sa beauté. Il n'y a que quelques maisons à survoler pour rejoindre à son tour sa chambre.

Sa maison est encore endormie. Personne ne s'est aperçu de son absence. Il a réintégré lui aussi son lit, il a fermé à son tour les yeux. Mais il n'arrive pas à s'endormir. C'est normal. Il est trop excité. Les images de son vol inaugural sont encore présentes dans son esprit. Mais, peu à peu, il s'abandonne et repart dans son rêve étoilé.

Le matin frappe la porte de la journée. Le soleil entre avec sa chaude persuasion dans la chambre. Un rayon accroche son visage et le réveille sans pitié. Les yeux gonflés par sa courte nuit, Quentin se lève péniblement et les pieds nus, car il ne se souvient plus où sont rangés ses chaussons, il descend au rez-de-chaussée.

Sa mère et son père sont dans la cuisine blanche. Ils prennent leur petit déjeuner. Il les embrasse du bout des lèvres comme un somnambule et devant son bol de lait, son paquet de céréales aux sept vitamines, il s'assied sans dire un mot.

Son père est installé de l'autre côté de la table et déguste son café brûlant par petites gorgées prudentes. Quentin l'entend qui parle à sa mère mais il ne prête pas attention à ce qui se raconte. Il se souvient de sa nuit. Encore, il se demande s'il n'a pas rêvé ou si réellement il est capable de voler tel un oiseau. Là-dessus, il se laisse bercer par le ronron des paroles de ses parents, par le bruit sucré des céréales qui craquent sous sa dent.

Mais malgré cette torpeur, il capte un mot qui le ramène dans la réalité du moment. Son père vient de parler du jeune Marcel qui habite la maison tout près de l'épicerie. Une histoire incroyable vient d'arriver. Quentin est maintenant complètement réveillé. Il écoute. Il a fermé sa bouche encore pleine et il en oublie de mastiquer.

Il y a quelques jours le petit Marcel est tombé très gravement malade. Un truc grave... Une saleté de bestiole, que son père appelle un virus, s'est glissée sournoisement à l'intérieur de sa toute vaillante jeunesse. Et hier soir, le pire est arrivé. A l'issu d'une très forte température, Marcel a cessé de respirer. La fièvre foudroyante a eu raison de sa vie. Le docteur n'a rien pu faire. Sinon constater, dans la nuit, avec des larmes plein les yeux, le décès du petit garçon.

Ensuite le docteur a eu grand mal à calmer la maman. Une douleur si cruelle est impossible à vaincre… Il n'a eu d'autre possibilité que de lui faire une piqûre pour l'endormir, en attendant qu'une personne de la famille puisse le lendemain venir l'aider. Quant au papa, il tremblait si fort et pleurait tant, que le docteur lui a donné à avaler quelques pilules bien dosées pour le calmer à son tour. Pour tenir compagnie à sa femme.

Comme il était très tard et que le brave homme avait visité des dizaines de malades dans la journée, il avait ressenti le besoin d'aller prendre un peu de repos. Mais avant, il avait pris garde de laisser les pauvres parents dans leur chambre, endormis, plutôt assommés par les médicaments. Puis, silencieusement, le cœur serré, il était monté dans la chambre du petit garçon et il lui avait déposé un baiser d'adieu sur le front. Il était allé ensuite ouvrir la fenêtre car il faisait très chaud et il était reparti en se promettant d'être de retour dès la première heure avant même que les parents ne se réveillent.

C'est là que l'histoire devient extraordinaire. Quand le docteur est revenu, il a trouvé le père qui venait juste de se lever et qui fumait sa première cigarette, prostré dans la cuisine. Après quelques paroles de politesse, le médecin est vite monté voir la maman qui était toujours sous l'effet des sédatifs.
Alors qu'il ressortait dans le couloir, brusquement, la porte de la chambre du petit défunt s'est ouverte et le bon docteur a failli mourir d'une crise cardiaque.
Le petit Marcel, ressuscité, en pleine santé, le regardait avec de grands yeux étonnés.

Imaginez alors la joie qui s'ensuivit dans cette famille…
L'inexplicable n'a pas d'explication. Personne n'a voulu savoir pourquoi le petit garçon était vivant. Mais de l'avis du père de Quentin, c'est que le docteur s'était trompé. Et qu'à l'avenir, il

convenait de faire attention si on avait à faire à lui. Il commence à se faire vieux, ce brave docteur ! avait-il ajouté.

A l'écoute de cette histoire, le visage de Quentin s'est éclairé d'un sourire immense et il se mêle aussitôt à la conversation. Le docteur ne s'est pas trompé, dit-il. Marcel était bien parti ! Mais c'est moi qui l'ai ramené à la vie…

Là-dessus, il quitte sa chaise et regagne sa chambre. Une bonne journée débute et il est temps qu'il s'habille. Il a une visite importante à faire. Maintenant, il sait, que cette nuit, il n'a pas rêvé.

Une étrange rencontre

Hélios est un jeune garçon de quatorze ans. Grand, brun, les yeux bleus océans, il pourrait être la coqueluche des filles de son quartier. Ce quartier aux maisons solides agrémentées de fleurs, de pelouses à l'herbe grasse. Mais cet adolescent est mal dans sa peau. Si dame nature lui a façonné un visage avenant elle l'a affublé aussi d'un cœur d'artichaut, c'est-à-dire pétri de sentiments nobles et purs. Or, à notre époque tourmentée, il convient de le reconnaître, c'est quelque chose d'exceptionnel et difficile à assumer.

Hélios parle de l'amour avec toute la ferveur de sa jeunesse en affirmant qu'il désire y vouer sa vie. Néanmoins il ne sait pas comment s'y prendre tant la tâche lui paraît insurmontable.

Il dit souvent à ses copains qui l'écoutent avec un petit sourire moqueur aux lèvres qu'il est indispensable d'aimer la vie, la nature, les copains, les copines, les animaux, les fleurs, l'odeur du chocolat le matin, enfin quoi ! Tout ce qui nous entoure…

Il évoque aussi une jeune fille qu'un jour il aimera. Ensemble, dit-il, ils s'engageront sur une route commune, et cultiveront les instants de bonheur jusqu'au crépuscule de leur vie. Et quand il est parfois confronté aux drames engendrés par les divorces des aînés il est complètement désemparé. Les jeunes filles de son âge passent souvent d'un garçon à un autre avec une facilité qui le déconcerte. Les amourettes se font et se défont, avec des rires ou des larmes trop vite séchées, dans un brassage de sentiments difficile à comprendre.

Les filles du collège rêvent de sortir avec lui. Mais il préfère se réfugier dans ses bouquins, dans ses songeries, en rabâchant les mêmes chimères. Une jeune fille un jour lui tendra la main et il l'emmènera au cinéma. Puis au retour, sous la clarté d'un réverbère complice, il l'embrassera au bas de chez elle.

Mais quand il ouvre les yeux sur la réalité il constate qu'il est en décalé. Les films dont les affiches écrasent les passants par leur style tapageur ne montrent que des filles dénudées, de la violence, voire des comédies d'un goût douteux qui le rendent mal à l'aise. Les jeunes gens de sa génération évoluent dans un monde trop différent du sien. Il n'y a que le sport, la musique, les jeux, la télé-réalité, le sexe, l'alcool, la drogue, la violence, qui semblent les intéresser. Ils semblent n'avoir aucun espoir, et nulle conscience politique. Les guerres, les attentats, la famine, la planète abîmée, ils disent qu'ils n'y peuvent rien.

Alors un soir dans son lit, sous sa couette, il se met à penser que la société est désolante, qu'il sera certainement très difficile d'y trouver la place qui lui revient. Tourmenté par cette idée, il sombre là-dessus dans un sommeil agité et s'enfonce dans le dédale mouvementé de ses rêves.

Avant de s'endormir, il a allumé sa radio-réveil et il a oublié de l'éteindre. La musique berce les ombres sur les murs éclairés par la lune. La rue est silencieuse. Les télévisions sont éteintes. Les voisins sont couchés. Un chat miaule dans le lointain. La nuit recouvre tout.

La pendule héritée de sa grand-mère et qui décore le couloir au premier étage vient de sonner minuit. Dans son demi-sommeil il compte les douze coups. Curieusement, à la place du silence qui devrait faire place juste après, il enregistre un bruit insolite. Un bruit qu'il ne connaît pas et qu'il reconnaît en même temps. C'est bizarre... On dirait une moto sous sa fenêtre ; le moteur tourne au ralenti ; mais ce n'est pas une moto. Ce bruit-là est différent, plus sourd, surtout plus harmonieux…

Il se lève précipitamment et s'approche silencieusement de la fenêtre. Soudain la scène qu'il découvre le sidère. Il étouffe un cri de surprise pour masquer l'étonnement et le contentement qu'il a de cette vision. Son rêve est là devant lui. A quelques mètres en contrebas.

Une belle jeune fille, d'environ son âge, avec de longs cheveux bruns, moulée dans une combinaison de cuir, est agenouillée sur le moteur d'un formidable engin. Elle tourne le dos. Sans la moindre hésitation il l'appelle et il lui demande si elle a des ennuis.

Quand elle se retourne, il croit défaillir. C'est un véritable coup de foudre. Elle ne lui a pas répondu mais elle lui a décoché un magnifique sourire. Il enfile en hâte son pantalon ainsi que ses baskets et la rejoint dans la rue.

C'est une moto réellement impressionnante. Jamais il n'en a vu de semblable. Sans doute une marque étrangère… Rutilante de chromes, elle éclate de mille feux sous la clarté des rayons de la lune. Sa couleur noire, sa forme démentielle, sa taille, lui ont coupé le souffle. Il juge qu'elle est deux fois plus grosse que celle du gros Dédé qui fait le malin dans le quartier depuis un an. Sur le côté elle possède des tuyaux d'échappement bizarres. Il renouvelle sa question.

- Mademoiselle avez-vous des ennuis ?

Elle se relève, lui sourit et répond :
- J'en avais un… Mais je m'en suis sortie. C'est vraiment le comble, pour une fée ! ajoute-t-elle.

Hélios croit avoir mal entendu.
- Vous avez dit fée ?

Elle se retourne et le regarde bien en face. Elle paraît en colère contre elle-même.
- Je viens de dire cela, tu es sûr ?
- Oui ! répond Hélios du bout des lèvres tant il trouve cette discussion ridicule.
- Zut ! Ce que je suis étourdie... réplique-t-elle.

Hélios recule. Il est un peu interloqué. La fille est délirante. Un peu toquée mais quoi ! Cette situation est rocambolesque. Elle est folle, pense-t-il. Voilà la vérité ! Cette fille se prend pour une fée… Mais à la seconde même où il pense cela, il entend dans sa tête une jolie voix qui lui rétorque sur un ton vexé :

- Tu ne me crois pas... Pourtant je suis une fée. Je lis dans tes pensées. Alors fais attention !
- Mais les fées n'existent pas !
- Si ! insiste la jeune fille. Elles ont toujours existé mais elles ne se montrent plus. Les gens n'en valent pas la peine.
- Mais c'est absurde !

Ayant percé de nouveau sa pensée elle lui propose alors :
- Puisque tu ne me crois pas... demande-moi alors n'importe quoi. J'exaucerai ton vœu.

Hélios, sceptique, planté sur ses jambes, avec un air abruti ne sait quelle attitude prendre. Maintenant il a envie de remonter, de se recoucher. Le charme est rompu. Mais il reste cependant intrigué. Pour ne pas la contrarier, pour se moquer, et parce que cela lui tient à cœur, il demande :
- Je voudrais pouvoir obliger les gens à s'aimer.

Elle le regarde intriguée et répond :
- Pourquoi pas !

Dans un geste élégant, elle fait apparaître dans un tourbillon d'étoiles scintillantes une petite boite nacrée, rectangulaire. Elle en extirpe une petite bouteille azur et lui dit de l'ouvrir et d'en respirer le parfum. Il s'exécute et referme la bouteille.
 - C'est tout ! dit-il.

Elle répond par l'affirmative puis dans un mouvement de jambe elle enfourche son énorme moto en lui expédiant du bout des lèvres un baiser espiègle. Dans un vrombissement incroyable, elle lui confie qu'elle est pressée et qu'elle doit s'en aller. Mais si un jour il désire la revoir, il n'aura qu'à appuyer sur la petite perle noire qui se trouve à l'intérieur de la fameuse boite nacrée et elle se manifestera.
Ainsi, avant même d'avoir eu le temps de lui demander une explication il doit reculer. Complètement effaré, il voit l'engin s'envoler dans le ciel et se fondre dans l'obscurité.

Il reste là, stupide, abasourdi, dans la rue déserte. Un peu plus tard, remis enfin de ses émotions, il réalise toutefois que cette aventure n'est pas un rêve car il a toujours, calée dans sa main, la boite rectangulaire. Il remonte songeur dans sa chambre et s'écroule comme une masse sur son lit. Cette drôle de rencontre l'a quelque peu secoué.

Son réveil est pénible. Après s'être lavé, persuadé qu'il a fait un rêve, il s'habille. En mettant ses chaussures, assis sur le rebord de son lit, il aperçoit alors la boite qui lui prouve le contraire.

Mais pour l'heure Hélios a bien d'autres soucis... Ses parents ne s'entendent plus. Ils se querellent toute la journée. Leur amour se fissure lentement. Il souffre de cette situation et ne sait pas quoi faire pour les revoir heureux à nouveau. Sa mère couvre son mari de reproches continuels, pour la moindre babiole. Lui, de son côté, s'enferme régulièrement dans des colères amères et silencieuses qui durent parfois des journées.

Hélios s'attable, devant ses tartines et son bol. Puisqu'il ne lui coûte rien d'essayer son soi-disant pouvoir, pourquoi ne pas le tester sur ses parents, pense-t-il, à juste titre. Justement son père à ce propos vient de hausser le ton car il trouve le café froid. Sa mère semble être au bord d'une nouvelle crise de larmes et triture nerveusement la serviette de table. Soudain le lait, oublié sur le feu, déborde copieusement et se répand avec une odeur de brûlé sur le carrelage de la cuisine. Le ton monte aussitôt. Il y a urgence. Hélios se concentre de toutes ses forces...

Il aurait été plus judicieux que cette mystérieuse fée lui donne une formule magique. Cela aurait été plus pratique. Cependant il reste assez sceptique quant au résultat. Mais soudain la voix de son père se radoucit. Il cesse aussitôt de crier et se précipite pour arrêter le gaz. Puis l'air tout penaud, il s'approche de sa femme. Il se sent débordant de joie et ne comprend rien. Il est démangé par une folle envie de l'embrasser. Elle de son côté a lâché la serviette de table, et revoit, en une seconde, le jeune homme beau et galant, débordant de charmes et de gentillesse qu'elle a épousé bien des années auparavant. Lorsqu'il la prend dans ses bras, elle ne peut, pour le coup, retenir ses larmes.

Hélios, le nez dans son bol, a assisté à la scène.

Aussitôt son crâne subit une tempête d'idées et semble ne plus vouloir s'apaiser. Il est devenu le garçon le plus heureux de la planète, le plus puissant aussi. Le bonheur du monde tient dans sa main.

Puisque la terre va mal il va y remédier. Les peuples ont besoin de se réconcilier et d'accepter leurs différences. Il réalise aussi que cette tâche est plutôt écrasante. Il devra se concentrer sur des millions de gens pour rétablir la paix sur la planète, pour étouffer les conflits dans l'œuf et mettre à la casse les armes.

Toutefois, devant l'ampleur énorme de ce projet et pour réussir cette noble croisade, il sait qu'il doit être méthodique pour être efficace. Donc, pour commencer, il parvient à la conclusion qu'il est indispensable de se concentrer d'abord sur les gens de son quartier. De plus, il n'a pas tout son temps de libre car il y a son travail scolaire. Cette année il y a le brevet.

En sortant de chez lui il est saisi par une idée qui lui frôle l'esprit. Avec son pouvoir il peut choisir la fille de son choix, s'en faire aimer à chaque instant, s'assurer de sa part de la plus grande fidélité. Mais à y réfléchir cette idée est malsaine et il la repousse de son esprit. Sa bonne humeur retrouvé, le sourire en bandoulière, il se rend au collège.

Le prof de français devant le tableau noir parle avec conviction du participe passé et la classe l'écoute avec attention.

Sa voisine de table, Madeleine, n'est pas jolie. Elle est affublée d'une rareté qu'elle supporte cependant avec sa bonne humeur : elle possède un œil marron et l'autre bleu. Elle porte aussi des lunettes et arbore un long nez. Ce qui suscite des plaisanteries de mauvais goût. Toutefois elle s'accommode courageusement de sa vie en essayant de rétorquer aux quolibets plutôt par sa gentillesse que par une agressivité mal placée. Être la meilleure élève est en outre une façon de répondre aux autres. Par contre Madeleine possède en plus un secret.

Malheureusement, depuis quelques temps tout le monde est au courant. Ce qui fait que ce n'est plus un secret mais un prétexte encore pour de nouvelles moqueries. Elle est amoureuse d'un camarade qui s'appelle Tristan, élève dans une autre classe. Mais ce beau blond, au sourire éclatant, se moque de cette fille godiche. Il préfère la compagnie de copines plus écervelées, plus jolies. Madeleine s'est résignée et elle soupire dans un coin de la cour de récréation pour ce prince qui n'est pas si charmant que cela. Elle est trop timide pour oser l'approcher et tenter de rivaliser avec les autres filles. Pourtant un rien dans sa toilette, plus de sûreté en elle-même et Madeleine aurait ses chances…
La séduction ce n'est pas que le physique.
Mais depuis que Tristan sait ce qu'elle éprouve pour lui, elle est comme paralysée.

La récréation, ce jour-là a sonné.
Les élèves se sont tous retrouvés dans la cour. Hélios observe le manège en dégustant une pomme, et s'apprête à réaliser le rêve de Madeleine. Tristan, planté comme un arbre, au milieu d'un groupe dont il est, de toute évidence, le point de mire, raconte ses exploits de la veille. Des rires s' échappent. Des yeux rieurs se tournent en direction de la pauvre Madeleine appuyée sur le pilier du préau. Hélios a observé le manège. Soudain il avance vers le groupe et se concentre très fort comme il a fait le matin pour ses parents. Puis, il s'assoit sur un banc et attend la suite des événements.

Tristan quitte alors sa cour de courtisans. D'un pas décidé, il avance vers Madeleine. Le voyant ainsi s'approcher d'elle, de toute évidence, elle se met à frisonner comme une feuille sous la caresse du vent. La dépassant d'une tête, il lui dédicace son plus beau sourire et demande pourquoi elle reste toujours à l'écart. Bien entendu, il ne comprend rien à ce qui lui arrive. Il a soudain une grande envie de parler avec elle, de parler de tout

et de rien, de musique, de nature, du travail et bien d'autres choses encore. Plus il la détaille et plus il la trouve jolie. Il se demande pourquoi il n'a pas agi de la sorte plus tôt.
Hélios, satisfait, continue à déguster sa pomme.

Peu après, la journée reprend son rythme scolaire tandis que les tourtereaux découvrent la saveur de cet idylle naissant.

Les jours passent, puis les semaines tombent du calendrier. Imperceptiblement le quartier change. Les retraités du coin de la rue qui se disputaient pour une histoire de clôture ont fait la paix. Les clients de Momo, l'épicier arabe, ne parlent plus dans son dos. Ils sont pour la plupart devenus plus aimables, surtout les vieux qui rouspétaient après les jeunes qui faisaient trop de bruit, trop de mouvements, trop de rassemblements au bas des immeubles, trop de déplacements avec leurs scooters. Bref ! Les gens s'aiment davantage.
La vie s'écoule semble-t-il plus sereine. La population paraît mieux se porter. Sauf Hélios ! Il n'a rencontré aucune jolie fille. Il n'a eu le moindre élan pour une personne du sexe opposé.

Le jour du brevet approche. Il n'est plus question de sortir et de déambuler dans les rues pour refaire le monde. Il reste chez lui, travaille sérieusement, révise ses cours.
Le matin si redouté est enfin là. Il avale avec difficulté ses tartines beurrées, boit son bol de chocolat puis après avoir salué sa mère il s'en va en traînant les pieds sur le chemin du collège. Sur le trottoir, il croise un couple qui se chamaille. La femme est très énervée. Elle crie fort d'une petite voix aiguë après son mari qui fait une drôle de tête devant la portière de sa voiture ouverte. Sans conviction Hélios les réconcilie au passage. Mais, aujourd'hui, il se demande si tout cela a bien un sens…

Dans les salles de cours il y a foule... La tension est dans les regards. L'angoisse du sujet à venir étreint les plus sensibles. Beaucoup de jeunes arpentent les couloirs mais il ne connaît personne. A croire qu'il est le seul de sa classe à poireauter devant cette foutue porte. Heureusement, il est rejoint par un de ses camarades, et l'attente est moins pénible à supporter à deux. Arrive enfin le moment où tous les candidats peuvent s'asseoir devant une feuille blanche ; les sujets sont distribués et toutes ces têtes bien remplies se mettent au travail.

A la sortie de la première journée, parmi la cohue du couloir, il bouscule un peu violemment une jeune fille qui lui tourne le dos. Elle se retourne si vivement qu'il en est le premier surpris. Il veut s'excuser mais ses paroles s'étranglent piteusement. La jeune fille a beaucoup de mal à contenir ses larmes.

Hélios tombe immédiatement sous le charme de cette beauté. Il la dévisage intensément, bousculé à droite, bousculé à gauche par le flux et le reflux des élèves, ne sachant quoi lui dire pour la consoler. Il reste debout, stupide, incapable de la retenir. Il la voit s'en aller et se noyer dans la vague humaine qui ne cesse de s'engouffrer dans le couloir.
Se ressaisissant il part aussitôt à sa poursuite et parvient à la rejoindre. La jeune fille aux longs cheveux blonds a sorti un mouchoir et s'essuie les yeux. Cette fois-ci, devant son regard interrogateur, il parvient à surmonter sa timidité et il demande :
- Tu as raté l'épreuve de mathématiques ?

Elle acquiesce d'un léger signe de la tête. Alors il la console, et trouve les mots qu'il faut. Le sourire revient sur les lèvres encore humides. Elle porte un nom de fleur : Rose.
Le lendemain, ils se retrouvent devant la porte du bâtiment. Accompagné d'un bel optimisme, ils se rendent ensemble à leur salle respective. Ils se sont promis d'un petit rendez-vous à la sortie pour aller manger un sandwich à la cafétéria, à quelques pas de là.

Devant son verre de jus de fruit, Hélios est assailli soudain par un vilain doute. Il pourrait utiliser son pouvoir afin de se faire aimer. Mais il sait que l'amour servi sur un plateau magique ne sera jamais sincère. Si le charme cessait, pour une raison ou pour une autre, Rose se rendrait compte, avec le dégoût que cela laisse supposer, qu'elle était à la merci d'un maître, tel un zombi sorti du premier film d'horreur. Combien il serait terrible de la voir ainsi disparaître, sans espoir de retour, et furieuse d'avoir été dépossédée de ses sentiments.

Hélios ne cède pas C'est un cœur pur. Il sait repousser les idées négatives qui surgissent au carrefour de ses pensées. Il n'est pas fier d'en avoir eu l'idée. Il aurait été dommage, se dit-il, de ne pas connaître cette ribambelle de petits riens qui aiguillonnent un amour naissant. Rien n'est plus enivrant que de découvrir ces moments éphémères qui habillent les journées d'une saveur toute particulière. Même quand il pleut ou que le soleil boude derrière les nuages gris.

Mais sous la peau de son sentiment amoureux, Hélios n'est plus le même. Sa tête est en ébullition. Il va restituer le pouvoir à la fée. Avec sagesse et humilité, il est conscient qu'il n'est pas l'homme de la situation pour réconcilier la planète. Il a arrangé son petit monde, celui qu'il connaît. Maintenant il craint de commettre des bévues, de faire aimer des gens qui ne sont pas nés pour être ensemble.

A minuit il descend dans la cour. Cela fait déjà presque un an que la fée lui a rendu visite. Il hésite une minute ou deux puis il ouvre la boite et appuie sur la perle noire. Il attend un bon quart d'heure dans l'obscurité, contre le mur de la rue. Soudain, un vrombissement sourd lui fait tourner la tête ; c'est la fameuse moto qui débouche au croisement.

La longue chevelure de la fée flotte derrière elle. Son engin fabuleux, dans un miaulement terrible de pneus, stoppe à cinq centimètres de ses pieds tandis qu'elle lui offre son magnifique sourire. Elle est en effraction car elle ne porte pas de casque.

Mais une fée, vraisemblablement, ne doit pas avoir les mêmes obligation que les simples mortels.

Elle coupe les gaz, pose un pied par terre, cale sa moto et lui demande, tout de go, ce qu'il désire. Alors il lui explique qu'il ne veut plus conserver ce pouvoir. Il a compris que l'amour ne se distribue pas à l'aveuglette et souhaite redevenir un simple lycéen. L'amour doit se construire minute par minute durant l'existence, malgré les pleurs, les grincements de dents, en se souvenant qu'il y a aussi des sourires, des baisers et des grands instants de plénitude.

La fée sourit de son sourire de fée puis ajoute :
- Tu as raison. Par contre si tu avais utilisé ce pouvoir sur Rose tu aurais vu qu'il n'aurait pas fonctionné Cela aurait prouvé ton égoïsme et ton manque de loyauté. Mais, je constate avec plaisir que rien de cela n'est arrivé. Tu as agi noblement. En conséquence et puisque c'est ton choix, je t'enlève ce pouvoir.

Puis sur un ton de confidence, dans le creux de l'oreille, elle lui souffle que pour Rose il n'y a aucun souci à se faire. La jeune fille possède un cœur qui ne demande qu'à battre à l'unisson avec le sien. Elle lui prédit un amour éternel. Ceci est la pure vérité car une fée ne se trompe jamais. Enfin, presque jamais...
- Épouse la plus tard ! lui dit-elle. Et si tu le désires, tu pourras lui raconter cette histoire. Mais écoute ce petit conseil ! Attend le jour des tes noces pour lui en parler.

Puis sur ces paroles énigmatiques, remettant son extraordinaire engin en marche, elle ouvre la poignée des gaz et s'envole dans un tourbillon de minuscules étoiles brillantes. Définitivement car les fées reviennent rarement une troisième fois.

Plisieurs années s'écoulent.

Le mariage bat son plein mais Hélios et Rose se sont enfuis comme le veut la tradition. Dans leur chambre d'hôtel le jeune marié se souvient alors de la fée. Il a suivi son conseil et il s'est tu durant ces années. Mais ce soir il est impatient de conter à son épouse cette histoire incroyable. Quand il a terminé son récit, il est étonné de son peu de réaction. La jeune femme, dans sa belle robe blanche, se lève, et sans un mot, prend son sac de mariée et en extirpe une boite. Avec une perle noire. Elle est identique à celle de la fée. Il est sans voix. Quand sa gorge se dénoue, qu'il peut enfin parler, Hélios réclame l'explication de ce prodige.

- Je suis la fée... Tu as épousé aujourd'hui la fée.

Il croit défaillir. Elle ajoute ces paroles :
- Mais je suis aussi Rose. Nous ne faisons qu'une seule et même personne.

Puis elle s'empare tendrement de sa main, le fait asseoir sur le rebord du lit en satin et répond à sa légitime curiosité. Le jeune homme tremble légèrement.

Dans son pays, celui des magiciens, chaque fée possède la liberté d'aimer un garçon de la terre, et même d'avoir l'idée saugrenue de l'épouser, sans contrainte ni pression d'aucune sorte de la part de sa mère ou de son père. C'est la coutume... Une grande tolérance qui peut servir d'exemple pour les simples humains. Bien entendu il existe une condition : celle de renoncer à ses pouvoirs.

Elle avoue qu'elle est tombée amoureuse dès leur première rencontre. Avec son instinct infaillible elle a saisi la pureté de ses sentiments. Les fées sont malignes et quand elles veulent obtenir quelque chose elles ont quelques facilités. Elle s'est donc débrouillée pour devenir Rose cette petite collégienne qui avait peur de rater ses examens.

Hélios se remet peu à peu, écroulé sur le lit, coincé dans les oreillers. Son esprit est en marmelade. Il veut savoir ce qui se serait passé, si jamais il avait tenté d'employer le fameux pouvoir sur elle. En réponse, elle lui confie qu'elle serait partie. Avec beaucoup de tristesse mais elle serait quand même partie. Pour toujours.

Le jeune homme ému se redresse, enveloppe la jeune femme dans ses bras et la serre passionnément. Dans le long baiser qui les réunit, dans ce plaisir si savoureux, les yeux fermés, il lui semble, en effet, que les beaux cheveux de sa femme, ce soir, possèdent la même souplesse irréelle que ceux de la fée sur la moto.

Ils vécurent heureux.
Plus tard ils eurent des enfants… Mais l'histoire ne dit pas si ces gosses aujourd'hui possèdent des pouvoirs magiques. Allez donc savoir si la fée n'a pas menti en disant qu'elle avait renoncé à tous ses secrets.

Du même auteur chez Bod

La 403
Les sorciers de Tinerghir
Mirida et le collier de l'existence
Le dernier des adultes
Martix l'humain et Martix la mécanique
Les cinq mains de Dieu

Putain d'oiseau (polars)
La naissance d'un commissaire
Les flèches dans le cœur
Le clodo des Carmes